Stephan Wackwitz

Die Wahrheit über Sancho Pansa

Stephan Wackwitz

Die Wahrheit über Sancho Pansa

Roman

Piper München Zürich

ISBN 3-492-04108-6

Gesetzt aus der Aldus Antiqua
Gesamtherstellung: Clausen & Bosse, Leck
Printed in Germany

für Carola, im Nachtflugzeug

Sancho Pansa, der sich übrigens dessen nie gerühmt hat, gelang es im Laufe der Jahre, durch Beistellung einer Menge Ritter- und Räuberromane in den Abend- und Nachtstunden seinen Teufel, dem er später den Namen Don Quixote gab, derart von sich abzulenken, daß dieser dann haltlos die verrücktesten Taten aufführte, die aber mangels eines vorbestimmten Gegenstandes, der eben Sancho Pansa hätte sein sollen, niemandem schadeten. Sancho Pansa, ein freier Mann, folgte gleichmütig, vielleicht aus einem gewissen Verantwortlichkeitsgefühl, dem Don Quixote auf seinen Zügen und hatte davon eine große und nützliche Unterhaltung bis an sein Ende.

Franz Kafka

1.

Wenn ich nachts rausmuß – und ich muß nachts ja praktisch dauernd raus – setze ich mich auf dem Rückweg manchmal in einen der Sessel vor dem Fenster. Und manchmal, vor allem im Morgengrauen, bleibe ich dort einfach sitzen. Meistens hat mich ein Traum geweckt. Ich träume, seit ich alt bin, oft kleine, nebensächliche Episoden aus der Vergangenheit, in denen jetzt der Sinn ganzer Jahrzehnte zu liegen scheint. Dann sitze ich, denke nach, warte auf weitere Bilder und sehe in den Park hinaus, bis es hell wird und jenseits der Baumkronen die ersten Straßenbahnen rauschen.

Alte Leute sollten überhaupt nicht mehr schlafen. Sie sollten nur noch tun, wozu sie, glaube ich, auf der Welt sind: sich erinnern. Ich würde mir gern jede Minute des Lebens ins Gedächtnis rufen, das jetzt bald aus ist, und es auf langen Spaziergängen jemandem erzählen – beim Gehen durch die Straßen, durch alle Viertel der Stadt, von morgens bis abends, nächtelang. Wahrscheinlich schlafen alte Leute deshalb so schlecht, weil es in ihnen pausenlos erzählt. Nur daß meistens niemand zuhört.

Freilich hat mich diese Erinnerungsgier auch früher schon heimgesucht. Auf sonntagnachmittäglichen Wanderungen mit Walter durch London zum Beispiel, als wir beide noch keine dreißig waren (er ist jung gestorben, mein unbeirrbarer Jugendfreund; schon 1940 wurde das Schiff, das ihn in ein kanadisches Internierungslager bringen sollte, irgendwo auf dem Atlantik versenkt). Auf diesen Wanderungen riefen wir uns die Abenteuer, Freuden, Entscheidungen der letzten Jahre ins Gedächtnis. Wir versicherten uns gegenseitig der Zeit, die wir miteinander erlebt hatten. Schon als junge Männer verschafften wir uns den Genuß, den die Vergangenheit eigentlich erst alten Leuten bereitet.

Manchmal haben wir uns sogar aus unseren Tagebüchern vorgelesen – auf dem Gras am Pond in Kensington Gardens, unter einem Baum im Hampstead Heath. Dann gingen und redeten wir weiter. Die Straßen und Parks Londons zogen an uns vorbei. Wir gingen redend in den Abend hinein. Wir faßten zusammen, bevor etwas Neues begann. Ich weiß schon, worauf meine Erzählbegierde mich jetzt vorbereitet. Aber ich will nicht daran denken. Was würde es helfen, daran zu denken.

Seit Wochen beschäftigt mich die Erinnerung an mein Elternhaus. Nicht nur, daß mich nachts Träume von der Villa heimsuchen, in der ich mit meinen Eltern die letzten Jahre der Weimarer Republik verbracht habe. Auch tagsüber denke ich an kaum etwas anderes mehr als an die Zimmer, Erker, Ausblicke und Geheimnisse des weitläufigen Hauses, das seit der Jahrhundertwende über einer steilen, gewundenen Ausfallstraße meiner Heimatstadt gestanden hat. Mein Vater kaufte es Ende der zwanziger Jahre von den Erlösen seines erfolgreichsten Patents: des Katzschen Dampf-Luft-Regulators.

Einer der größten Vorzüge unserer Villa war der Blick

über den Fluß und das Tal: das bewegte Blattwerk einer großen Birke in unserem abschüssigen Vorgarten zur Straße hin, die gegenüberliegenden Weinberghöhen, die Schlote der Fabriken flußabwärts, die alte Römerstraße, die als Allee nach Süden ins Land lief. Es war diese Aussicht, in die sich meine Mutter verliebt hat, als sie und mein Vater das Haus zum ersten Mal besichtigten.

Während vor dem Fenster ein frühherbstlicher Morgen des Jahres 1998 dämmert, steigen hinter meinen Augenlidern Herbsttage aus den späten zwanziger Jahren herauf. Ein Nachmittag zum Beispiel, den ich mit Schwabs »Sagen des Klassischen Altertums« in einem Zwetschgenbaum unseres Gartengrundstücks verträumt habe. Ich spuckte die Steine ins Gras und sah ins Licht eines heißen Septembers, der mir jetzt näher ist als die Zeit, in der mein wirkliches Leben sich abspielt. Auf den gegenüberliegenden Hängen wurde der Wein gelesen. Im Talgrund hüllte eine anfahrende Lokomotive das Bahnhofsgebäude in weißen Rauch. Ein Krähenschwarm flog durch den schwachblauen Himmel über die Stadt hin.

Meine Eltern waren nicht viel älter als das zwanzigste Jahrhundert: Ein kürzlich zu Geld gekommener junger Ingenieur, dessen jüdische Vorfahren schon Naturwissenschaftler gewesen waren; eine ehemalige Kindergärtnerin in knielangen Baumwollkleidern und Reformschuhen. Meine Mutter stammte aus Großbritannien. Sie hatte meinen Vater während dessen Studienzeit am Imperial College of Science kennengelernt. Sie hatten einen hübschen – allerdings fast erschreckend dünnen – zwölfjährigen Jungen, der beängstigend gute Schulnoten nach Hause brachte und unentwegt Bücher las, die nichts für sein Alter waren.

Und nun soll das Haus, in dem meine Phantasie über die Jahrzehnte die Handlung so vieler Bücher angesiedelt hat, in dem so viele meiner Träume spielen, abgerissen werden. Meine geschiedene Frau rief vor ein paar Tagen an und las mir die Meldung aus der Lokalzeitung vor, die eine Freundin ihr zugeschickt hatte. Die Straße am Hang wird ausgebaut, nachdem sie schon im letzten Jahrzehnt derart vom Autoverkehr verstopft war, daß der Wert ihrer früher exklusiven Grundstücke dramatisch sank.

In meinen Nächten aber kehrt die Vergangenheit des heruntergekommenen Hauses zurück – zusammen mit den letzten Jahren meiner Kindheit. Vorgestern saß ich wieder vor einer Tasse Getreidekaffee in unserer »Tiroler Bauernstube«, dem Eßzimmer zum Garten hinaus mit den geschnitzten Holzmöbeln. Ich gehe im Traum in der Bibliothek meines Vaters an den verglasten Bücherschränken entlang. Die Rücken der Bände sind so zukunftsverheißend golden und braun wie in den zwanziger Jahren. Träumend steige ich in das ehemalige Dienstbotenzimmer unter dem Dach hinauf, wo ich seit meinem zehnten Geburtstag hausen durfte und wo der Blick fast so spektakulär war wie in den Bäumen am rückwärtigen Gartenzaun. Dann ist es, als säße ich dort oben wieder in meinem alten Sessel. Nachmittage vergehen über dem »Lederstrumpf« oder dem »Kajütenbuch« von Charles Sealsfield, bis es über der Stadt dunkel wird und es Zeit ist, hinunterzugehen zum Abendessen.

Bald wird es das Haus meiner Eltern nur noch in meiner Erinnerung geben. Und bald auch dort nicht mehr. Ich habe mir einen Tee gemacht. Die Nachwirkungen meiner Träume verflüchtigen sich. Der duftende Wind umgibt mich nicht mehr, den ich an einem Junimorgen in den frühen dreißiger Jahren an der Stirn gespürt habe, auf den Holzplanken des inzwischen aufgelassenen Freibads am Fluß, oberhalb der Fabriken. Ich sprang im Traum neben den herabhängenden Zweigen eines Erlenwäldchens in das dunkle Wasser und schwamm zum Wehr hinüber. Ich saß dort wieder in der Sonne, umspült von der kalten Strömung, die in die Kanäle einer längst abgerissenen Getreidemühle hinunterstürzt. Ich fuhr mit dem Rad über das Kopfsteinpflaster. Die Villa dort oben am Hang verschwindet und erscheint wieder zwischen den Giebeln, Schornsteinen und Baumwipfeln. Dann kehre ich aus der Erinnerung zurück in meine Wohnung. Es ist die letzte, die ich haben werde.

Mein Refugium besteht, von der Küche und zwei Gästezimmern abgesehen, eigentlich nur aus einem Raum. Der aber ist fast eine ganze Etage groß. Ich bewohne das Dachgeschoß eines hundert Jahre alten Bürgerhauses (in einer wenig befahrenen Straße; einem Park gegenüber; in einer großen Stadt; unterm herbstlichen Morgenhimmel der nördlichen Hemisphäre). Vom Balkon meiner Küche sieht man im Innenhof auf Baumwipfel. Am Küchentisch kann ich, wenn sie mich besuchen, die Familie meines älteren Sohnes und gleichzeitig meinen jüngeren und dessen jeweilige Freundin unterbringen.

Bettina, meine zweite Frau, hat sich, fünf Jahre nachdem ich mich zur Ruhe gesetzt habe, von mir scheiden lassen. Ein pensionierter Professor der alten Sprachen und eine dreiundvierzigjährige Fachärztin für Anästhesie kommen sehr schnell an den Punkt, wo sie sich nicht das geringste mehr zu sagen haben. Bettina war die Schwester einer Doktorandin von mir. Als ich mich in die siebenundzwanzigjährige Medizinstudentin verliebte, bereitete sie sich gerade auf das erste Examen vor. Ich war jahrzehntelang allein gewesen. Ein grauhaariger Professor, der viel Tennis spielte, mit seinem Rennrad herumfuhr und von dem niemand annahm, daß er schon einmal verheiratet war. Nicht die beste Voraussetzung für einen zweiten Anlauf.

In meinen selbstmitleidigen Momenten glaube ich, daß wir gerade nur so lange glücklich miteinander gewesen sind, wie Bettina sich erhoben fühlen konnte als die junge Frau des nicht ganz unbekannten Ordinarius Heinrich Katz. Solange sie mich brauchte. Unsere beste Zeit war meine Gastprofessur in Amerika (wo auch Tommy zur Welt kam). Später war ich nur noch ein alter Mann, der lesen, schreiben und viel in Ruhe gelassen werden wollte.

Inzwischen lebt sie mit einem gleichaltrigen Kollegen in unserem Haus am See, das ich seit vielen Jahren nicht mehr gesehen habe. Wir telephonieren in unregelmäßigen Abständen miteinander. Wenn Bettina in der Stadt ist, kommt sie manchmal vorbei. Sie berät und beruhigt mich, wenn ich mir gelegentlich Sorgen um meine Gesundheit mache – die in Wirklichkeit gottlob noch immer recht robust zu sein scheint. Ich bin froh, eine Medizinerin in der Familie zu haben. Bettina kennt mich. Sie kann unterscheiden zwischen wirklichen Problemen und den hypochondrischen Zuständen, die mich heimsuchen, wenn ich deprimiert bin.

Es ist soweit alles in leidlicher Ordnung mit unserer durchschnittlich verunglückten Familie. Unser Sohn Thomas gehört als eine Art unzuverlässig korrespondierendes Mitglied dazu. Er studiert in Paris und steht ein- oder zweimal im Jahr vor der Tür, um sich ein paar Tage in meinem Gästezimmer einzurichten – während Elias, der Sohn aus meiner ersten Ehe, in Manchester eine gutgehende Rechtsanwaltspraxis betreibt und auf dem besten Wege ist, von seinen beiden Töchtern zum Großvater gemacht zu werden.

Durch die Bäume ist in der Ferne ein Horizont aus Dächern, Schornsteinen und Antennen zu sehen, über dem ein rötlicher Rand verblaßt und in den schon tiefblauen Morgenhimmel übergeht. Bettina ist Anfang Fünfzig. Ich glaube, sie würde nicht verstehen, welche Bedeutung die Vergangenheit inzwischen für mich hat. Daß ich unter so vielen Erinnerungen keinen Augenblick allein bin. Wie könnte ich ihr begreiflich machen, daß mich in jedem Morgengrauen ein anderer Tag, eine weitere Szene meines Lebens besuchen. Daß es fast mein einziger Lebenszweck geworden ist, auf diese Bilder, Gesten und Interieurs zu warten. Daß das Wiederauftauchen eines Gesichts aus den vierziger Jahren für mich größere Bedeutung hat als ein Regierungswechsel oder eine Flutkatastrophe in der Gegenwart, die wir miteinander teilen.

Ich werde es ihr nicht erklären. Ich will nicht, daß meine Exfrau den Eindruck hat, ich sei senil geworden.

Erinnerungen sind auf unterirdische Weise miteinander verbunden. Sie verständigen sich ohne unser Wissen. Als ich in die Nacht hinaussah und über Bettinas Anruf und den bevorstehenden Untergang des letzten Ortes meiner Kindheit nachdachte, wurde mir klar, daß in meinem Traum heute nacht etwas wiedergekommen ist, das mich noch eine Weile beschäftigen wird. Ich habe von meinem vierzehnten Geburtstag geträumt.

Ich sah mich selbst im Jahr 1931. Ich roch den milden Tag im Vorfrühling, die Reste des winterlichen Kohlenrauchs in der Luft meiner Heimatstadt, den Südwind. Die Bäume einer Kastanienallee standen vor mir, zum Greifen nah. Die Mittagsglocken läuteten. Ich ging im Traum durch den Stadtpark von der Schule nach Haus. Ich hatte eine beige Cordsamthose geschenkt bekommen und Felix Dahns Roman »Ein Kampf um Rom« (schon damals scheine ich mich für den Untergang des römischen Reichs interessiert zu haben).

Es ist ziemlich undenkbar, daß eins meiner Kinder mit so bescheidenen Geburtstagsgeschenken jemals zufrieden gewesen wäre. Aber damals bekamen auch Kinder gutsituierter Leute nichts Ausgefalleneres zum Geburtstag. Ich ging nach Hause. Meine Hose war noch ein bißchen steif um die Knie und wärmte, wie nur neue Cordhosen wärmen. Ich hatte das Gefühl, daß ich jetzt kein Kind mehr war. Der Frühling kam. Etwas Neues begann.

Ich freute mich auf das Buch und auf die Süßigkeiten, die ich am Morgen, als es noch dunkel war, in meinem

Zimmer zurückgelassen hatte. Ich freute mich auf den Kuchen mit den vierzehn Kerzen. Ich roch den Frühling in der Luft, sah die Wolken über mir und dachte, dankbar und erleichtert: »Es ist vorbei.« Was war vorbei? Ich werde es auf diesen Seiten erzählen. Ich habe mein Leben lang gespürt, daß es irgendwo in den Tiefen meiner Erinnerung auf mich wartet. Heute nacht, aufgestört durch die Nachricht vom bevorstehenden Abbruch unserer Villa, ist es wieder an die Oberfläche gekommen. Ich werde es erzählen. Ich glaube nur, daß ich noch ein bißchen Zeit brauche. Ich muß noch ein paar Umwege machen.

2.

Ich bin einundachtzig Jahre, älter, als ich mir je vorstellen konnte zu werden. Aber es ist schön, alt zu sein. Es beruhigt mich, daß ich inzwischen für niemanden mehr eine Konkurrenz bin. Zwei Scheidungen und zwei Söhne haben von dem Geld, das ich verdient habe, noch genug für ein bequemes Leben übriggelassen. Mehr als genug. Meine Bücher verkaufen sich gut. Meine Pension ist höher als meine Ausgaben auch in den extravagantesten Monaten. Was ich geerbt habe, ist vernünftig angelegt, und in manchen Jahren sehen meine Kontoauszüge aus, als würden die Gutschriften absurd hoher Beträge überhaupt kein Ende mehr nehmen.

Dabei ist mir das meiste, womit ich mein Geld verdient habe, inzwischen gleichgültig. Meine Professur, die Editionen, die Weltgeschichte, die ich herausgegeben habe, die populärwissenschaftlichen Bücher – all das hat uns ein gutes Leben ermöglicht. Aber ich bin nicht wirklich stolz darauf. Von all meinen Arbeiten ist mir in den letzten Jahren ausgerechnet das Buch am wichtigsten geworden, das von den Rezensenten seinerzeit allgemein als ein spekulativer Fehlschlag beurteilt worden ist. Es ist eine Untersuchung über Gedanken, die schon vor fast zweitausend Jahren nicht mehr als ein Gerücht gewesen sind. Ich habe es erst veröffentlicht, als ich schon emeritiert war: »Die verlorenen Lehren des Ammonios Sakkas. Studien zu Plotins theologischen Quellen«. Mein unordentliches, regelwidriges Alterswerk.

Schon in den Jahren vor meinem Ruhestand hat mich wenig anderes mehr interessiert als die Geschichte des römischen Reichs im dritten Jahrhundert. Eine Zeit, von der wir so wenig wissen wie über keine Epoche vorher oder nachher. Ein dunkles Jahrhundert schon aufgrund der Quellenlage. Eine Epoche, in der Märchen und Fakten nicht voneinander zu unterscheiden sind. Es war eine Vorliebe, über die in Fachkreisen viele Stirnen gerunzelt wurden. Manche Kollegen waren der Ansicht, ich sei auf meine alten Tage ein bißchen wunderlich geworden.

Außer ein paar Belegexemplaren und einem Hefter mit respektvoll befremdeten Rezensionen ist von meinem Buch nicht viel übriggeblieben. Manchmal nehme ich den Band noch aus dem Regal und kann mich bei fast jedem Abschnitt, den ich lese, wieder erinnern, wo und wann ich ihn vorbereitet oder geschrieben habe: Im weiten Rund der Staatsbibliothek, als es draußen schneite und Bettina aus irgendeinem Grund zwei Tage lang nicht mehr mit mir sprach; an jenem Sonntagmorgen im Frühling, als ich mit dem Fahrrad noch einmal ins Historische Seminar fuhr, weil mir ein bestimmtes Detail keine Ruhe ließ; der Abschnitt, über dessen Manuskript mir Tommy ein Glas Kirschsaft goß.

Meine Plotin-Monographie hat die wissenschaftliche Welt seinerzeit nicht revolutioniert. Aber für einen einzigen Leser, für mich selbst nämlich, sind ihre Seiten eine Anthologie von Morgendämmerungen über den Büchern, von Samstagvormittagen in der stillen Universitätsbibliothek, von Einfällen, die mir während langweiliger Fakultätsbesprechungen kamen; ein Nachschlagewerk über Jahre, die ich nicht ertragen hätte ohne die Aussicht, mich nachts oder am Wochenende wieder in das dritte Jahrhundert nach Christus vertiefen zu können.

Man bekommt den Band heute auch antiquarisch kaum mehr. Nicht einmal jede Universitätsbibliothek hat ihn. Es ist dem Verlag seinerzeit nicht gelungen, mehr als ungefähr siebenhundert Exemplare abzusetzen. Inzwischen weiß ich, daß es klug gewesen ist, meine akademische Reputation und meine publizistische Karriere nicht auf den Fragen aufzubauen, die mich am meisten beschäftigten. Diese Abstinenz hat mich davor bewahrt, Hirngespinsten zu verfallen. Und andererseits verhindert, daß die Wirklichkeit übermächtig wurde.

Es ist hell jetzt. Morgensonne liegt in den Kastanienbäumen. Die Schwalben fliegen hoch, es wird ein sonniger Septembertag. Ich bin unten gewesen, habe meine Zeitungen heute in die kleine polnische Bäckerei um die Ecke geschleppt und meinen Kaffee dort getrunken. Ich lebe inzwischen so einsam, daß die beiden Besitzerinnen – ein junges Mädchen und eine vielleicht fünfzigjährige Frau, offensichtlich Tochter und Mutter – wochenlang die einzigen Menschen sind, mit denen ich ein paar Worte wechsle. Sie haben das kleine Ladengeschäft vor zwei Jahren übernommen und sind für ihre Torten und Kuchen geradezu berühmt in der Gegend. Ihr Hefezopf schmeckt wie in meiner Kindheit. Wenn ich frühmorgens hingehe, frühstücken Handwerker in fleckigen Maleranzügen oder blauen Overalls an den beiden Tischchen mit den karierten Wachstuchdecken. Geschäftsleute trinken einen Kaffee im Stehen.

Gegen neun aber bin ich meistens allein in meinem Stammcafé. Ich breite die Zeitungen aus, die ich aus dem Briefkasten geholt habe. Ich trinke zuviel von dem aromatischen Kaffee, den die beiden, wie mir die ältere einmal verriet, mit einer Prise Kardamom zubereiten. Ich sehe durchs Schaufenster den alten Damen zu, die ihre Hunde ausführen, und bewundere die Eleganz der frisch geduschten und schön angezogenen Ladenmädchen, die sich vor der Arbeit ihre Sandwiches kaufen.

Ich mag den Klang der Türglocke aus den fünfziger Jahren. Manchmal rauche ich einen Zigarillo (was mir Bettina allerdings streng verboten hat). Wie wundervoll es ist, Zeit zu haben. Wie schön, nicht mehr dazuzugehören. Die beiden Besitzerinnen lassen mich in Ruhe.

Wenn sie in Stimmung ist, flirtet allerdings besonders die Tochter mit mir, wie hierzulande wahrscheinlich nur noch Polinnen mit einem alten Mann flirten. Heute zum Beispiel hatte ich eine Tasse Kaffee lang geradezu das Gefühl, als könnte es mit uns dreien noch etwas werden. Ich vertiefte mich in die Feuilletons, sah auf den Bürgersteig hinaus und schlürfte den Kaffee der Polinnen. Auf einem verschlissenen Polsterstuhl, einen wackligen Tisch vor mir, konnte ich die Stadt, mein Land, den ganzen Kontinent und den Ozean jenseits seiner Küsten fast körperlich spüren. Sie gaben mir die Gewißheit, daß die Welt noch da ist. Den stärksten Trost, den alte Leute haben.

Auf dem Rückweg war ich im Supermarkt: ein paar Tomaten, Brot, Käse, eine Flasche Rotwein. Es ist halb zehn. Eine Mähmaschine zieht ihre Runden im Park. Es riecht nach geschnittenem Gras. Das Sonnenlicht auf den Kastanienwipfeln ist noch fast sommerlich. Bald werden die stachliggrünen Bälle platzen, und auf der Straße werden glänzende braune Kugeln liegen, was mich so freut, als sei ich wieder ein Kind. Als lägen sie auf dem Kies der Kastanienallee im Park meiner Heimatstadt. Die Herbststürme werden kommen, der Winter wird kommen, und ich werde wieder ein Jahr auf der Welt gewesen sein. Noch einmal ein Jahr. Ob mir meine Arthritis erlaubt, heute nachmittag ein bißchen flußabwärts zu radeln? Es scheint fast so. Ich kann mir nicht vorstellen, daß jemand in meinem Alter glücklicher ist, als ich es bin.

3.

Es ist sechs Uhr abends. Das letzte Sonnenlicht liegt in den Tiefen meines Raums. Die Farben des hölzernen Fußbodens, der Bücherrücken in den Regalen leuchten noch einmal auf, bevor die Dämmerung sie auslöscht. Ich bin heute tatsächlich mit dem Fahrrad flußabwärts bis zur Stadtgrenze gefahren – und zurück. Nicht schlecht für einen über Achtzigjährigen. Meine Rennräder allerdings kann ich nicht mehr benutzen. Heute gondele ich gemütlich auf einem altgedienten »Steinweg«, praktischerweise der Damenversion. Ich liebe den Geruch des Sattels, das leise Knacken der Dreigangschaltung, das klickernde Rauschen im Leerlauf. Als ich im Schein des späten Nachmittags wieder vor dem Haus ankam, fühlte ich mich jung. Träumend und in die Pedale tretend, war ich auf meinem Ausflug für Momente wieder siebzehn und kehrte an einsamen Samstagabenden im Sommer auf meinem grünweißen Rad in die Klosterschule zurück, zum Abendessen im spätgotischen Refektorium. Schwalben flogen schreiend durch die sinkende Dämmerung, und das Laub der Pappeln am Fluß zitterte.

Durchs Fenster sehe ich ein Frisbee hin und her fliegen, wie von allein. Ich höre die Rufe von jungen Leuten. Aber sie sind hinter Blattwerk und Zweigen verborgen. Ich erinnere mich an Federball im Hydepark mit Ursula in den fünfziger Jahren. An Frisbee mit Bettina und Tommy auf dem Campus der Vanderbilt University, als er gerade mal fünf war und vor der Scheibe quietschend davonrannte, als sei das der Sinn des Spiels.

Ich habe ein bißchen etwas gegessen und mir ein Glas von dem Rotwein eingeschenkt. Irgendwo im Park werden Blätter verbrannt. Man kann noch bei offenem Fenster sitzen, aber aus den Tiefen des Himmels strömt eine Kühle auf die Welt, die von weit herkommt. Ich weiß nicht mehr, wann ich entdeckt habe, daß ich die Wirklichkeit verlassen kann, indem ich mich in den Büchern verliere. Es muß früh gewesen sein. Schon an Bord der Grimm'schen Märchen bin ich in See gestochen. Es gibt die Geschichte von dem chinesischen Landschaftsmaler, der eins seiner Bilder betritt und auf immer in ihm verschwindet.

Mein Verhältnis zu den Büchern hatte von Anfang an etwas Närrisches. Lange vor dem Erscheinen meiner Plotin-Monographie. Es ging mir mit ihnen nie wirklich nur um die Sache. Auch die historischen und philosophischen Fachbücher, die jetzt hinter mir in der Dunkelheit steht, habe ich gelesen, als seien es Gespenstergeschichten; als enthielten sie Zaubersprüche. Ich erzählte mir die Tradition, als könnte sie mich retten. Und wie der fliegende Robert bin ich nach wenigen Seiten oft nur noch sehr klein unter schnell ziehenden Wolken hoch am Himmel zu sehen gewesen.

Natürlich war das alles immer auch ein Problem. Besonders in meiner Zeit als Bankangestellter. Ich habe meine seltsame und deplazierte Bildungsbürgerlichkeit damals als skurrile Erblast, als eine immer folgenlosere Sonderbarkeit durch mein Leben geschleppt, vielleicht als unbewußte Erinnerung an die Zeit, in der mein Vater Kind war, oder aus einer noch früheren Epoche her. Sie ist eine Art Heimat für mich gewesen. In London, zu Beginn meines Berufslebens, waren die monatlichen Bücherrechnungen eine ernstzunehmende Belastung für unsere noch fragile Familienökonomie, ebenso wie die teuren Anzüge und Schuhe, die ich mir schuldig zu sein glaubte, nachdem ich schon jeden Tag in die entsetzliche City gehen mußte. Und zu meiner späteren Isolation unter den Kollegen in der Bank hat es nicht unwesentlich beigetragen, daß ich imstande war, auf die Frage, was ich am Wochenende gemacht habe, wahrheitsgemäß zu antworten, daß ich ein bißchen Livius übersetzt hätte.

Vielleicht ist es mir in meinem Leben gelungen, die Dämonen der Bücher gegen die der Wirklichkeit auszuspielen. Das Schlimme an diesem Balanceakt ist es gewesen, daß mein Wissensdrang mich zu einem glücklichen Familienleben ziemlich unfähig gemacht hat. Es ist für eine Frau schwer zu akzeptieren, daß ihr Mann zu den unmöglichsten Tages- und Nachtzeiten über Büchern sitzt, von deren Existenz sie noch nie gehört hat. Ein junger Bankmanager, dessen Freizeitbeschäftigung antike Schriftsteller und philosophische Fachmonographien sind, ist den meisten Menschen unheimlich.

Und eigentlich wollte ich schon als Student nie leben wie meine akademischen Lehrer. Dabei habe ich ihnen nichts vorzuwerfen. Sie förderten mich nach Kräften. Sie schleusten mich freundlich und hilfreich durch einen soliden Studiengang der alten Sprachen und der Philosophie und boten mir an seinem Ende sogar ein Promotionsstipendium an. Aber zu der Zeit war ich von ihnen auf eine schwer zu definierende Weise schon so enttäuscht, daß ich zunächst lieber der Tradition meines Colleges und dem Drängen meiner Mutter gefolgt bin und in die Londoner City ging – »for my sins«, wie ich, ein Glas Lager haltend, einen handgenähten Schuh auf der Fußstange eines Pubs, in der Mittagspause zu seufzen pflegte, solange ich in der Bank noch nicht kaltgestellt war und als originelle, hoffnungsvolle Nachwuchskraft galt. Daß in meinem Leben etwas schiefgehen, daß ich falsch gewählt haben, daß ich weniger als unendlich viel Zeit haben könnte, ist mir als junger Mann nie in den Sinn gekommen. Und ich mußte das Wissen nicht zu meinem Beruf machen. Ich mußte es nicht einmal wirklich ernst nehmen. Meine Professoren, hatte ich den Eindruck, nahmen es schließlich auch nicht ernst.

Im Gegensatz zu ihnen jedoch habe ich mein Leben lang die Bücher geliebt, als enthielten sie nur für mich bestimmte Botschaften. Freilich hatte ich jahrzehntelang so wenig Zeit für sie wie für meinen Sohn und meine Frau. Mein ganzes Berufsleben als Angestellter bin ich bis spät in die Nacht wachgeblieben oder um fünf Uhr morgens aufgestanden, um mit den Büchern ungestört zu sein. Ganz sachgerecht behandelt, wie gesagt, habe ich sie auch später nie. Sie dienten mir dazu, meine Träume zu formulieren. Vielleicht ist dieses Verhältnis zu den Büchern meine Form der Blasphemie gewesen. Wenn ich glücklich war, las ich wenig. Weswegen ich mein Leben lang immer ziemlich viel gelesen habe.

4.

Meine Eltern und ich zogen im September 1929 in unser neues Haus. Die ersten Vorboten dessen, was ich erzählen will, haben sich, glaube ich, im Oktober desselben Jahres zugetragen. Frühling und Herbst sind die geisterhaftesten Jahreszeiten. Noch heute erregen mich diese warmen, leicht diesigen Tage mit ihren überraschend früh einbrechenden Nächten. Als bewege sich in meinem Innern etwas Altes und sehr Lebendiges. Etwas, das ich nicht selber bin. Daß manche Menschen Stimmen hörten, muß jahrhundertelang eine ganz normale Erfahrung gewesen sein. Und noch heute, las ich neulich, gibt es erstaunlich viele Leute, die so etwas irgendwann erlebt haben. (Die Mediziner erklären sich das Phänomen, wenn ich mich richtig erinnere, mit einer Art Kurzschluß zwischen den beiden Gehirnhälften.) Die Erinnerung daran, was mir im September 1929 geschah, ist eigenartig körperlich. Mein Rückgrat erinnert sich; die Haare auf meinen Oberarmen richten sich auf. Etwas sprach damals zu mir. Und dieses Etwas war unmißverständlich böse.

Es begann nachts, immer eine Stunde oder zwei nachdem ich eingeschlafen war. Manchmal war ein ganz harmloser Traum der Auslöser für jenen Zustand. Mein Schlaf verlor an Tiefe. Mein Bewußtsein erwachte, aber es ergriff meinen Körper noch nicht. Ich konnte mich nicht bewegen. Und etwas war im Raum. Es war über mich geglitten, während ich schlief. Jetzt schwebte es über meinem Bett und beobachtete mich. Ich war unfähig, mich aufzurichten und genau hinzusehen. Die stumme Auslieferung dauerte minutenlang. Bis der Schatten zu sprechen begann. Er sprach mit einem zunächst kaum hörbaren Flüstern, das kurz vor dem plötzlichen Abbruch des Alps klar und vernehmlich wurde. Dann löste sich die Lähmung. Ich erstickte jene Stimme mit einer heftigen Bewegung, einem Schrei, einem halblauten Japsen, wenn ich auf dem Höhepunkt der Heimsuchung dann plötzlich Gewalt über meinen Bewegungsapparat gewann, aufschrecken konnte, zitternd in meinem Bett saß und mit klopfendem Herzen ins Leere starrte.

Übrigens bin ich nicht sonderlich religiös erzogen worden. Durch nichts in meinem Elternhaus war ich vorbereitet auf die Erfahrung, die ich machte. Mein schon in der dritten oder vierten Generation evangelisch konvertierter Vater hatte mir die religiöse Sphäre als eine wohlwollende, für besonders festliche Gelegenheiten zuständige und vor allem gegenspielerlos allmächtige Instanz nahegebracht, als Inbegriff seines eigenen Optimismus, seiner eigenen Unschuld und der Unschuld einer Zeit, in die wir nie wieder zurückkehren werden.

Aber ich wußte sofort, daß ich es mit etwas so Harmlosem nicht zu tun hatte. Tagsüber, in der Schule, in der Turnhalle, am Mittagstisch wiederholte sich das nächtliche Entsetzen in abgemilderter Form. Meine Eltern, die Mitschüler sprachen mich an, belustigt und befremdet. Denn ich hatte, mitten in einem Spiel, bei der Besprechung der Hausaufgaben, zwischen Suppe und Fisch, minutenlang in die Luft gesehen, als lausche ich auf ein weit entferntes Geräusch. Der Nebenmann stieß mich an. Die Lehrer ermahnten mich. Meine Mutter zerstrubbelte mir das Haar, nannte mich einen verträumten Jungen und lachte. Ich war zwölf Jahre alt. Der vertraute Lärm der Welt war um mich. Aber ich entfernte mich mit der Geschwindigkeit der Gedanken, unterwegs an einen namenlosen Ort, wo ein Flüstern auf der Lauer lag.

Hinter mir in der Dämmerung, an der Längsseite des Raums, wo der Schein meiner Lampe sich verliert, stehen die Bücher bis unter die Decke. Es ist eine gute, eine brauchbare Bibliothek mit einigen respektabel vollständigen, wenn auch vielleicht etwas abseitigen Spezialgebieten. Unter innenarchitektonischen Gesichtspunkten freilich ist sie wenig eindrucksvoll. Es sieht in meinem Dachstock aus wie in einem nicht besonders penibel geführten Antiquariat. Ich habe meine Bücherregale immer möglichst billig gekauft und auch nie Lust gehabt, allzuviel Geld für bibliophile Raritäten auszugeben. Trotzdem fand sich in meiner Bibliothek während all der Jahrzehnte fast immer genau das Tröstliche, Anregende, Brauchbare und Richtige für meine Überlegungen und Projekte. Und in der letzten Stunde habe ich mich, jener Anfechtung aus den zwanziger Jahren auf der Spur, wieder vor den Regalen treiben lassen.

Gefunden habe ich schließlich die vergilbten Bände der »Enneaden« Plotins, ein paar Bände des »Kleinen Pauly« und den ersten von Gibbons »Verfall und Untergang des Römischen Reiches«. Es sind alte, zerlesene Bücher. Nur die schöne »Everyman's«-Ausgabe des Historikers hat die weite Reise durch meine Lebenszeit einigermaßen heil überstanden. Nun blättere ich in ihnen und verstreue sie rings auf den Sesseln und dem Fußboden, auf der Suche nach einem Zusammenhang, der mir mein Leben lang immer wieder entglitten ist.

Im Jahr 238 nach Christus wurde in der römischen Provinz Africa ein alter Mann zum Gegenkaiser ausgerufen. Gordianus der Erste. Die Provinz, eine der Kornkammern des Reiches, wurde von den Steueredikten des Soldatenkaisers Maximinus Thrax systematisch in den Ruin getrieben. Adel und Bürgertum, am Rande der Verzweiflung, nötigten Gordianus und seinen Sohn in die Rolle von Führern einer senatsfreundlichen, vielleicht sogar republikanisch gesinnten Revolte gegen das kaiserliche Monster und dessen Kettenhund Capellianus, Statthalter der benachbarten Provinz Numidien.

Ich muß Gibbons Passage über die Gordiane 1947 zum ersten Mal gelesen haben, in meinem kleinen Arbeitszimmer unter dem Dach mit dem Blick in den wechselhaften Londoner Himmel, morgens vor einem Bürotag, mulmige Gefühle im Bauch (mindestens einmal im Monat mußte ich mich vor Nervosität und Verzweiflung übergeben, wenn ich an der U-Bahn-Station Temple ausstieg, bevor mich die Eingeweide der Bank verschlangen). Ich spürte schon damals, daß mich die abseitige Episode aus der späten Kaiserzeit etwas anging, die hoffnungslose Kühnheit der beiden Gegenkaiser, die innerlich wie die meisten ihrer Standesgenossen in einer früheren, besseren Epoche zu Hause waren und von ihrer Gegenwart nichts zu erwarten hatten als ein Leben in luxuriöser Lächerlichkeit – und einen qualvollen, Tod für den Fall, daß sie sich gegen die Zeit und ihre Gesetze auflehnten.

Der Senat in Rom erkannte die beiden Gordiane sofort an. Capellianus, der vielleicht vorhatte, sich selbst zum Gegenkaiser zu machen, setzte seine Truppen in Bewegung. Selten ist einer plebeischen Militärmaschine soviel kultiviert-hochherzige Inkompetenz entgegengetreten – mit dem bei solchen Konfrontationen voraussehbaren Resultat natürlich. Ich habe Gibbons Beschreibung jener nordafrikanischen Revolte immer geliebt wie weniges andere in seinem Buch. Der afrikanische Prokonsul Gordianus war ein glanzvoller Epigone. In Rom besaß er den ehemaligen Palast des Pompeius, er war mit den Gracchen und mit Trajan verwandt. Seine Villa in Praeneste war so berühmt wie die Spiele, die er im Kolosseum veranstaltete, so berühmt wie seine Gelehrsamkeit, seine republikanische Tugend. Sein Sohn und Mitkaiser erschien den reichen afrikanischen Römern als der wiedergeborene Scipio Africanus.

Warum rühren sie mich so, die beiden Gegenkaiser des dritten Jahrhunderts, Gordianus der Erste und sein Sohn? Ihr kurzer, romantisch vergeblicher Kampf gegen die Windmühlen der neuen Zeit hat mich damals getröstet, im Morgengrauen, bevor ich die Angestelltenuniform anlegte, bevor ich durch die Vorgärten und Straßen Fulhams zur Bahn ging und wieder einen Tag meines Lebens in der Bank vergeudete. Der lächerlich heroische Kampf der Gordiane tröstet mich heute noch. Ich habe damals nicht für immer in der Bank bleiben müssen, wie es mein Alptraum war. Meine Ängste und Depressionen, die Geschichten, die ich mir spät nachts oder am frühen Morgen vorerzählte, um mich gegen die Verzweiflung zu wappnen – all das hat mich schließlich woandershin geführt.

Ich bin der Sinnleere, die mein Leben damals bedrohte, freilich nie in offener Feldschlacht entgegengetreten. Nicht nur deshalb kann ich mich mit den Gordianen nicht vergleichen. Sie sind mir auch in allem anderen voraus gewesen: »Zweiundzwanzig legitimierte Konkubinen und eine Bibliothek von zweiundsechzigtausend Bänden«, heißt es bei Gibbon über den jungen Gordianus, »gaben Zeugnis von Weite und Vielfalt seiner Neigungen, und seine literarische wie biologische Hinterlassenschaft bewies, daß das eine und das andere mehr dem Gebrauch als der Ostentation diente«. Aber trotzdem hat die Geschichte der Gordiane mir damals, morgens unter jenem windigen Himmel, etwas von einer Hoffnungslosigkeit genommen, die mich zu ersticken drohte.

Und einen Umweg zu nehmen über den majestätisch dahinziehenden Strom der Prosa des großen Historikers verschafft mir offenbar auch jetzt den Abstand, den ich brauche. Meine Abschweifungen lassen mich Atem schöpfen. »Du versteckst dich hinter den Büchern«, würde Bettina sagen. Sie behauptete einmal, ich hätte in einem fünfseitigen Gutachten nicht weniger als fünfzehn historische und literarische Prunkzitate untergebracht. Bettina fehlt mir. Seit sie gegangen ist, lacht mich niemand mehr aus. Mit Zitaten kann man alles über sich selber sagen. Es stimmt: Ich schweife ab. Ich verstecke mich hinter den Büchern. Vielleicht habe ich einfach Angst.

Gordianus Vater und Sohn starben. Zwei andere Senatskaiser besiegten Maximin und wurden danach von dessen Truppen erschlagen. Gordianus III., Enkel des älteren Gordian, war dreizehn, als er zum Caesar ausgerufen wurde, neunzehn, als er gegen den Perserkönig Sapor zog und auf dem Feldzug von den eigenen Leuten ermordet wurde. Ich habe die Büste seines eigenartig degenerierten Kinderkopfs aus dem Berliner Alten Museum gerade noch einmal lange betrachtet, auf einer der schönen bräunlichen Tafeln meiner Ausgabe von Jacob Burckhardts »Zeit Constantins des Großen«. Zusammen mit dem dritten Gordian gegen die Perser zog ein Philosoph und Magier aus Alexandria, der sich nach dem Feldzug in Rom ansiedelte und die neuplatonische Schule begründete, während um ihn Kaiser und Usurpatoren, Barbareneinfälle, Feldzüge und Staatsbankrotte wie eine Achterbahn kreisten. Es ist der Mann, dessen Werk das Thema der Abende, Nächte und Wochenenden meiner späteren berufstätigen Jahrzehnte und schließlich meines letzten Buchs wurde.

Plotin war in Alexandria mehr als ein Jahrzehnt lang Schüler des Zauberers und Weisheitslehrers Ammonios Sakkas gewesen, von dessen Lehren wir kaum etwas wissen, weil er seinen Schülern das Versprechen abnahm, sie nicht zu enthüllen. Fest steht allerdings, daß Plotin bei Ammonios nicht nur die persischen, sondern auch indische Geheimlehren kennengelernt hat. Origenes, ein anderer Schüler des Ammonios, hielt sich nicht an sein Schweigegelübde. (Man verwechselt ihn oft zu Unrecht mit dem gleichnamigen christlichen Theologen, ein Irrtum, der seit Erscheinen meiner Arbeit allgemein ausgeräumt sein könnte.) Origenes hat seiner Leserschaft Zentralpunkte aus den Lehren seines Seelenführers in dem seinerseits verschollenen Traktat »Über die Dämonen« verraten und in einem anderen, von dem wir ebenfalls nur den Titel kennen – einen Titel freilich, den ich immer besonders geliebt habe; er wiegt in seiner poetischen Rätselhaftigkeit ganze Bibliotheken von Sekundärliteratur auf. »Der König allein ist Dichter« heißt dieses Werk des Origenes.

Soweit man weiß, ist es in seiner Abhandlung darum gegangen, daß das oberste Prinzip, der Weltgeist, zugleich in allen Weltdetails anwesend ist. Daß der König der Welt ein Dichter ist, dessen war ich mir mein Leben lang sicher. Das Licht über der unsichtbar strömenden Themse zwischen Fulham und der City ist mir in London als der Beweis dafür erschienen, der Morgennebel im Sommer auf dem See vor unserem Haus in Deutschland, Bettinas Lächeln, wenn sie morgens neben mir aufwachte, die Begeisterung meines Sohnes über seinen neuen »Kosmos-Kasten«, meine Visionen im Café der beiden Polinnen, die Kühle der Nacht, in der ich jetzt schreibe. Es gab mein Leben lang Beweise dafür, daß der Weltenherrscher ein Dichter ist.

Plotin selber verriet nichts von dem, was er bei Ammonius gelernt hatte. Aber auch ihn hat man immer so verstanden, daß die Weltregierung poetisch ist. Die neuplatonischen Philosophen sahen die Welt belebt von unzähligen Wesenheiten, guten und bösen. Wieso ist es ausgerechnet mein Schicksal gewesen, mir jahrelang Gedanken darüber zu machen, was in Origines' verschollener Abhandlung stand? Vielleicht hat mich die Beschäftigung mit dieser Zeit angesteckt. Warum sonst bin ich die letzten Wochen in jeder Morgendämmerung aufgewacht an diesem unerklärlichen Glücksgefühl, an dieser sonderbaren und ein bißchen unheimlichen Gewißheit, daß die Ereignisse meines Lebens zusammenhängen wie die Sätze und Kapitel eines Romans.

Es ist diese Gewißheit – oder die Sehnsucht nach ihr – die mich jetzt dazu treibt, mir mein Leben vorzuerzählen. Glück ist Paranoia. Der König allein ist Dichter. Nichts anderes hat mich zeitlebens getröstet. Ich habe auf die Poesie dieser Tagträume vom Allzusammenhang mein Leben lang nicht verzichten können, und Menschen, bei denen ich spürte, daß sie derlei gar nicht kennen, haben mich immer gelangweilt und eingeschüchtert. Menschen ohne poetische Paranoia sind zeitlebens meine Feinde gewesen.

5.

Die religiös-psychologische Symptomatik allerdings, die im Winter 1929 schließlich zu meiner Einweisung in die damals berühmt fortschrittliche und menschenfreundlich-liberale jugendpsychiatrische Forschungs- und Heilanstalt der nahegelegenen Universitätsstadt führte, habe ich, halb bewußt, wie mir heute scheint, vor allem entwickelt, um die Heimsuchung jener Nächte in den

Bildern einer Tradition zu formulieren, die der Erwachsenenwelt angehörte und von der ich spürte, daß meine Eltern sie vielleicht ernst nehmen könnten.

Die Idee des Teufelspakts kannte ich aus den Büchern. Zweimal wöchentlich ging ich in jenem Herbst in das jugendstilverzierte Hallenbad unserer Stadt und danach in die Bücherei unterhalb der Stadtmauer, an der Stirnseite eines Platzes, auf dem Platanen standen und der beherrscht war vom Turm einer neugotischen Kirche. In meiner Erinnerung ist es für immer Herbst auf diesem Platz. Ein kleiner Junge sieht über ein Buch hinweg in Platanenzweige, an denen runde Früchte baumeln.

Es war ein merkwürdig milder Spätnachmittag im Oktober, an dem ich, auf dem Weg vom Schwimmbad in die Stadtbibliothek, anfing, mit Gott zu reden. Wind ließ die Blätter fliegen. Auf einer halsbrecherisch steilen Treppe zur Kirche hinunter sah ich lange in den Himmel, der von Wind und Wolken belebt war und aus dem das letzte Licht verschwand. Schon damals habe ich es geliebt, in den Himmel hinaufzusehen. Ich dachte darüber nach, wie groß die Welt ist. Ich setzte mich auf die Stufen und begann in der einbrechenden Dunkelheit, Gott ausführlich und vertrauensvoll in meine Schulsorgen, Zukunftspläne und in die verschiedenen Ansichten einzuweihen, die ich mir über die Welt zu bilden begann.

Zwölfjährige sind einsam. Meine Eltern behandelten mich, verständlicherweise, als Kind. Aber die Kinder, mit denen ich umging – meine Klassenkameraden, die Kinder aus der Nachbarschaft, sogar meine Freundin Margot – rückten mir gerade durch jene Sorgen, Pläne und

Ansichten, in denen das Pubertätsalter sich ankündigt, allmählich ferner (obwohl sie bestimmt mit ähnlichen Dingen beschäftigt und genauso einsam waren wie ich). Gott ist der naheliegendste Gesprächspartner eines zwölfjährigen Jungen. Der König allein ist Dichter. Ein Zwölfjähriger vertraut seine Sehnsüchte und Ansichten am besten gleich dem poetischen Weltenherrscher an. Wer wäre zuständiger für das Glück darüber, daß die Welt so groß ist.

Ich sprach lange mit Gott. Ich hatte das Gefühl, daß im warmen, bewegten Himmel etwas zuhörte, ohne zu antworten. Es war dunkel, als ich fertig war. In den hohen Räumen der Stadtbibliothek werde ich mich versorgt haben mit einem jener historischen Romane, die ich liebte, mit einem Buch über Alexander den Großen oder über Wallenstein. Ich könnte eine der Tiererzählungen von Ernest Thompson Seton ausgeliehen haben, eine Sammlung von Reisebeschreibungen oder Abenteuergeschichten. Meine Mutter wird mir einen Teller Quarkbrote mit Gurken und Tomaten gemacht haben. Und in meinem Zimmer auf dem Bett liegend, werde ich sie gegessen haben, in meinen Beutestücken blätternd und wahrscheinlich schon tief verstrickt in eines von ihnen, bis mein Vater oder meine Mutter heraufkamen und mich ins Bett schickten.

Es war eine glückliche Zeit. Jene Anwesenheit in den Herbstnächten des Jahres 1929 hat sie beendet. Von ihrer Realität bin ich heute noch ebenso überzeugt wie von ihrer Bösartigkeit. Ich schlief ein, wachte einige Stunden später auf, konnte mich nicht mehr bewegen, und etwas war im Zimmer. Wie es ausgesehen hat? Wenn es überhaupt irgendwie aussah, dann wie ein riesenhafter Schatten. Ein Dunkel, das mein Kinderzimmer mit unabsehbaren Gegenden des Weltalls verband. Was da war, galt nur mir. Und trotzdem ist diese Anwesenheit keine Einbildung oder Halluzination gewesen. Sie umgab mich von einem Moment auf den anderen mit einer undurchdringlichen und unwiderruflichen Einsamkeit. Es war tiefe Nacht, ich lag starr vor Angst in meinem Bett, und eine Stimme redete mich an. Ich hatte Gott ins Gespräch gezogen. Und nun antwortete jemand ganz anderes. Meine Höllenfahrt begann.

6.

Es war spät, als ich gestern nacht meinen Laptop zusammengeklappt habe. Aufgewacht bin ich erst gegen Mittag. Ich bin unten gewesen. Ein Stück Hefezopf mit Butter, eine Tasse Kaffee, Zeitungslektüre bei den Polinnen, von denen nur die Tochter da war. Sie erwiderte mein Lächeln deshalb gleich ein bißchen reservierter als gestern. Über den Rand meiner Zeitung hinweg bewunderte ich dafür verstohlen die komplizierte Hochfrisur, die sie sich heute gemacht hat.

Merkwürdigerweise sind es vor allem konkrete Örtlichkeiten, die mich in meinen Träumen und Tagträumen heimsuchen. Gebäude. Innenräume. Vorhin im Café beispielsweise, als ich über meine Tasse zum Fenster hinausstarrte, fühlte ich mich ich mit filmischer Genauigkeit in das Haus versetzt, in dem ich mit Bettina und Tommy bis zur Trennung gelebt habe. Ich schloß die Tür auf (mit dem flachen, immer ein bißchen verbogen aussehenden Stahlschlüssel), zog mir die Schuhe aus, roch die Atmosphäre – jede Familie, ob glücklich oder unglücklich, hat ihren eigenen Geruch –, spürte die Keramikfliesen unter meinen Socken und stand schließlich in unserem alten Wohnzimmer. Ich sah lange zum Fenster hinaus. Über dem See löste sich Dunst auf. Ich habe gezahlt, meine Zeitung aufgehängt und im nächsten Zigarrenladen eine kleine Schachtel Romeo y Julieta gekauft. Zum Teufel mit meinen Herzkranzgefäßen. Ich muß weitererzählen.

Denn heute nacht, im Halbschlaf gegen Morgen, bin ich wieder in der Bank gewesen. Die Büros, deren Größe und Lage hierarchisch streng gestuft waren, die engen Korridore und Treppenhäuser wirkten auch frisch geputzt immer schmutzig. Durch die Fenster des verwinkelten, kompliziert miteinander verbundenen Häuserkomplexes am Londoner Strand eröffneten sich überraschend Ausblicke auf die Themse und die zerbombten Gegenden der South Bank. Ich hatte mir schon in den ersten Jahren meines Angestelltendaseins angewöhnt, am Vormittag die Tageskarte zu studieren, die immer mit der Hauspost kam; das Essen wurde wichtig, ein kleiner Höhepunkt in der Folge unerträglich langsam vorrückender Stunden. Das Staff Restaurant lag zur Flußseite des Gebäudes. Das Firmenwappen auf dem Porzellan und dem schweren Silberbesteck; das Essen, das mich fetter und fetter machte, je länger ich es jeden Mittag aß.

Ein paar Gebäude weiter hatte ich studiert. In jenen Straßen und Coffeeshops, auf der nahen Flußpromenade hatte ich meine ersten Rendezvous mit Ursula gehabt, mit Walters Schwester, die später meine erste Frau wurde. Sie sah aus, wie man sich eine deutsche Maid vorstellt, und war mit ihrer Familie trotzdem nicht tragbar gewesen im tausendjährigen Imperium. Sie war die Tochter eines früher einflußreichen Journalisten. Ich habe ihn, nachdem er 1942 aus dem schottischen Internierungslager entlassen worden war, kaum mehr nüchtern gesehen. Jedesmal wenn die Rede auf seinen toten Sohn kam (und er brachte die Rede unablässig auf seinen toten Sohn), begann mein Schwiegervater zu weinen.

Anfangs studierte Ursula mit ihrem Bruder an der London School of Economics. Aber sie hat ihren Studienplatz und ihr Stipendium bald aufgegeben, um zu verfolgen, was sie für ihre Berufung hielt: ein Leben als Künstlerin. Ich habe das große blonde Mädchen in einem Coffeeshop in Covent Garden angesprochen, wo sie mit ihrer Skizzenmappe saß, ein Männerbarett auf dem offenen Haar, der Inbegriff dessen, was sie sich unter einer angehenden Malerin vorstellte. Sie war auf dem Weg zum Atelier des ungarischen Emigranten, bei dem sie Zeichenstunden nahm. Ich habe mich in das heroisch Selbsterschaffene ihres Lebensentwurfs zuerst verliebt, in eine Inszenierung, die zum Grund ihres Untergangs wurde, als ihre Begabung sich, je älter sie wurde und je unwiderruflicher Ursula sich auf ein Leben als Malerin festlegte, als nicht stark genug erwies. Aber das sollte sich erst später zeigen. Als es zu spät war.

Wir waren begeistert vom Haß auf die Nazis, als wir uns kennenlernten, verliebt und beseelt von dem Willen, so britisch zu werden wie möglich. Walter, Ursula und ich pflegten sogar auf unseren gemeinsamen Ausflügen englisch miteinander zu diskutieren. Zehn Jahre später fuhr ich, gekleidet wie zu meiner Konfirmation, jeden Morgen mit der Untergrundbahn in die City, saß in meinem Kubikel herum, trank Sherry vor dem Mittagessen, wurde depressiv und intrigant. Die Straßen am Fluß bedrückten mich jetzt. Und nachdem ich bei der Geschäftsführung in Ungnade gefallen war, wurden sie vollends zum Alptraum. Zu diesem Fall hat Ende der vierziger Jahre die Tatsache, daß ich Deutscher war, wohl ebensoviel beigetragen wie die, daß ich nebenher schon zwei wissenschaftliche Aufsätze und eine Reihe zeithistorischer Artikel veröffentlicht hatte. Ein Junior manager, der literarische und politische Essays schrieb, war auf Dauer untragbar.

Ich weiß noch, daß mich unser Präsident einmal heranwinkte, als ich ihm – was in meinen langen Dienstjahren vermutlich nur zwei- oder dreimal passiert ist – auf dem Gang begegnete. Er hatte etwas von mir gelesen. »Where on earth do you get those ideas?« sagte er halb bewundernd und halb angeekelt. »It's marvellous that you find the time for things like that, young man. Come for tea some time.« In Wirklichkeit war er unangenehm berührt. Was ich machte und war, galt als unmöglich. Als prätentiös. Als deutsch. Als jüdisch. Ich habe keine Ahnung, als was es eigentlich galt – und es war mir schon damals so egal, wie es mir heute ist. Ich habe mich nie davon abhalten lassen. Es ging mir darum, meine Haut zu retten.

Wovor eigentlich? Je mehr ich darüber nachdenke, desto klarer wird mir, daß es mit den Ereignissen meines dreizehnten Lebensjahrs zu tun hat. Ich habe in meinen Bürojahren erlebt, daß Gebäude einen aussaugen können. Ich wußte, daß ich dort in einer Gefahr war, aus der nur ich selber mich retten konnte.

Meistens sitze ich zum Schreiben in dem Sessel, der rechts von meinem Tischchen quer zum Fenster steht. Heute habe ich es mir mit meinem Laptop auf dem gegenüberliegenden bequem gemacht. Und von hier aus ist plötzlich ein kleiner Baum sichtbar, dessen Laub die Farbe eines Feuerwehrautos zeigt. Das Rot seiner Blätter macht mich auf eine unerklärliche Weise glücklich. Ich weiß noch, daß ich im Josemite Nationalpark, es muß im Dezember 1964 gewesen sein, ganz gegen das Ende einer strapaziösen Tour, beim Abstieg von einem der Vorberge, am Rand eines Absturzes, einen Baum gesehen habe, der – mitten in den einförmig dunkelgrünen Latschenkiefern – noch ein paar Blätter von eben diesem Herbstrot hatte und kilometerweit zu mir herüberleuchtete. Es war die einzige Farbe weit und breit. Mir war, als hätte die Landschaft in diesem kleinen Baum unerwartet zu träumen begonnen.

Nachdem ich kaltgestellt worden war, habe ich die Bank als Ort der vollendeten Traumlosigkeit verstehen gelernt. In dem schmutzigen Gebäudekomplex am Fluß, obwohl es dort Tag für Tag nur um Zahlen ging, gab es Gespenster. Ich war selber drauf und dran, mich in eines zu verwandeln. Kein lebender Organismus kann seine geistige Gesundheit unter Bedingungen vollkommener Realität lange aufrechterhalten. Sogar Tiere träumen. Erst im Rückblick begreife ich, daß jeder Schritt, den ich in diesem verfluchten Gebäude damals noch getan habe, mich tiefer in die Einsamkeit geführt hat. Die Wirklichkeitsmenschen halten den Teufel für ein Fabelwesen. Dabei gibt es nichts Diabolischeres als die absolute Herrschaft des Realitätsprinzips.

7.

Auch 1929 habe ich es lang ausgehalten, allein zu sein. Aber als ich in der dritten oder vierten Nacht schweißgebadet aufwachte, zitternd vor den Zumutungen und Befehlen einer fremden Macht, ging ich ins Wohnzimmer hinüber und saß schließlich, in die Arme meines Vaters geflüchtet, auf dem Sofa des großen Salons. »Heinrich, was für ein Unsinn!« sagten sie. »Den Teufel gibt es doch nicht!« Vorübergehend, für einen Schultag lang, schlossen sich die Abgründe unter der Oberfläche der Welt noch einmal.

Der nächste Angriff dann machte auch meinen Eltern klar, daß etwas ernstlich nicht in Ordnung war. Jahre später hat mir meine Mutter von dem Schrei erzählt, an dem meine Eltern in jener Nacht aufwachten, von der Panik in meinem schlaftrunkenen Jungengesicht, dem nassen Haar, dem Jammern, er hole mich jetzt, der seltsam erwachsenen Kraft in den dünnen Armen, mit denen ich mich an meine Eltern klammerte. Es hatte diesmal keine Vorwarnung gegeben, kein Locken, keine Verhandlungen. Er wollte verhindern, daß ich mich noch einmal mit jemandem bespreche.

Er hat mit uns allen nicht gerechnet. Er hat mich nicht bekommen. Aber daß ich damals in die Hölle gesehen habe, behaupte ich noch heute. Unser Hausarzt kam und gab mir eine Spritze. Im Einschlafen sah ich das Milchglasrund des Deckenlichts im Schlafzimmer meiner Eltern. Der Schein der Nachttischlampe versah es mit einem ovalen Schatten. Am nächsten Tag ging ich nicht zur Schule. Ich konnte vor Heiserkeit kaum sprechen. Das sehe doch ziemlich besorgniserregend nach einer Jugendschizophrenie aus, soll der Fachmann ein paar Straßen weiter gesagt haben, zu dem mich meine Eltern noch am selben Nachmittag mitnahmen und der mich an die Universitätsklinik in der Nachbarstadt überwies.

Sie lag auf einem äußeren Hügel der glitzernd in die Dunkelheit über die Täler verstreuten Stadt, in die wir drei an einem der nächsten Spätnachmittage im Auto hinunterfuhren. Mein Vater hatte sich eine Woche freigenommen. Wir wohnten in einer kleinen Pension, in der es gutes Frühstück gab. Zeitweilig war es fast, als verbrächten wir eine Art Urlaub miteinander. Besorgtfreundliche Gesichter wachten über meine nächsten Tage. Tabletten, die regelmäßig eingenommen werden mußten und mich schläfrig machten, Gespräche mit beruhigend klugen jungen Herren, die Goldrandbrillen trugen, Intelligenztests bei sachlich-gütigen Psychologinnen, eine Abschlußaudienz des berühmten Professors, der meine Eltern zuvor beruhigt hatte: Hinweise auf einen präpsychotischen Zustand könne er nicht erkennen. Aber es sei notwendig, daß ich noch eine Weile zur Beobachtung dabliebe.

Ich stelle mir vor, Elias – oder, was man sich schwerer vorstellen kann, Tommy – hätten mit zwölf solche Ängste entwickelt. Ich denke nicht, daß wir sie wochenlang fremden Leuten überlassen hätten. Aber in den zwanziger Jahren glaubte man an die Wissenschaft. Der gesunde Menschenverstand war ihr gegenüber so wehrlos wie die Verzweiflung darüber, sein Kind an weißgekleidete Unbekannte abgeben zu müssen. Gegen die Wissenschaft konnte sich etwas so Elementares, Einfaches und Verständliches damals nicht lange behaupten.

Die jugendpsychiatrische Abteilung der Universitätsklinik war, ihrem modernen Ruf zum Trotz, in einem düsteren Gebäude des letzten Jahrhunderts untergebracht. Auf einen Zentralraum (Tag und Nacht brannten dort zwei nackte Glühbirnen) gingen Schlafsäle, eine Küche, Toiletten, ein Behandlungszimmer und der Aufenthaltsraum für die Schwestern. Nachdem meine Eltern fortgefahren waren, lief ich dort in einer Art Stupor umher, blind vor Traurigkeit und Angst.

Ich sehe in den Park vor meinem Fenster hinaus, ein wohlhabender alter Herr, geborgen in der Bequemlichkeit einer Luxuswohnung am Ende des zwanzigsten Jahrhunderts, dort wo es am zivilisiertesten ist. Und zugleich bin ich wieder in jenem trüb beleuchteten Vorkriegsraum, wo das grünschlierige Linoleum glänzt: ein kleiner Junge, über den die Gottverlassenheit jetzt unumschränkte Herrschaft gewonnen hat.

Ich hatte mich mit dem Buben angefreundet, der im Bett neben mir schlief. Er trug eine Brille und zeigte mir seine Tierbücher. Zusammen spielten wir »Mensch ärgere dich nicht« im Aufenthaltsraum und wagten einander nicht zu fragen, warum wir hier waren. Ein paar Tage später holten die Schwestern ihn ab. Er weinte vor Angst und hielt sich an den Türrahmen fest. Am nächsten Morgen lag er bleich in dem Bett neben meinem. Er sah aus wie tot. Als er wieder sprechen konnte, erzählte er, man habe ihm mit einer Nadel ins Rückgrat gestochen. Niemand erklärte uns, was vorging. Ich rechnete jeden Morgen damit, daß die Schwestern heute mich holen würden.

Statt dessen ließ mich der berühmte Professor noch einmal rufen. Ich kann mich erinnern, daß ich mich ganz ausziehen und ein paar Schritte vor ihm auf und ab gehen mußte. Jeden Samstag, zwischen zwei und vier Uhr nachmittags, durften mich meine Eltern besuchen. Sie kamen mit besorgten und verzweifelten Gesichtern in unserem grauen Mercedes aus einer anderen Welt angefahren und brachten mir Bücher mit, Brettspiele, Süßigkeiten, Grüße von Verwandten und Nachbarn. Es schneite über den Hügeln. Wir aßen Kuchen in einer Konditorei der Innenstadt, die von Glas und Messing glänzte.

Dann gab es neue Tests bei den sachlich-gütigen Psychologinnen. Spiel- und Bastelvormittage fanden unter Aufsicht einer dicken Erzieherin statt, die einmal ziemlich ungeduldig mit mir wurde, weil ich, statt Kraniche aus buntem Papier zu falten, zum Fenster hinaussah, mir vermutlich das Weinen verbeißend. Und jene Stimme meldete sich wieder.

Im Wirbel des ersten Unglücks in der Universitätsklinik hatte ich sie zunächst nicht mehr vernommen. Ich glaube fast, ich hatte sie tagelang vergessen. Ich kann nicht beschreiben, wie entsetzt ich war, als das leise, perfide Andrängen wieder einsetzte. Um mein Weinen zu verbergen, flüchtete ich mich auf die Toilette. Dort, eingehüllt vom Pissoirgeruch, habe ich beschlossen, den Kampf gegen diese Stimme aufzunehmen – ein Beschluß, der so nobel und aussichtslos war wie je eine Kriegserklärung an das Böse. Denn was immer das gewesen ist, es wurde durch meine Entschlossenheit stärker. Unbemerkt von meinen Eltern, den Schwestern und dem berühmten Professor entspann sich ein Kampf, dessen Ergebnis ich selbst bin. Aber zunächst verlor ich in einer Weise an Boden, daß es den Eindruck machte, als würde ich verschlungen.

8.

Heute nachmittag gegen drei, als ich mit diesen Notizen fertig war, habe ich etwas gemacht, was ich selten tue. Ich rief Bettina an. Ich saß, das Telefon neben mir, lange da und rauchte noch eine Romeo y Julieta, bevor ich den Mut aufbrachte, mit meiner ehemaligen Frau zu telephonieren. Ich sah zum Fenster hinaus. Kastanienzweige bewegten sich im Wind. Das Geräusch von vorbeifahrenden Rollerblades drang von der kleinen Straße vor dem Haus zu mir herauf. Von jenseits des Parks hörte ich fahrende Autos.

Bettina war nicht erstaunt darüber, daß ich dran war. Ich hatte das Gefühl, daß sie sich freute über meinen Anruf. Sie habe sich schon gedacht, sagte sie, daß mich die Sache mit dem Haus noch beschäftigen werde. Und zum ersten Mal erzählte ich ihr – oder überhaupt jemandem – wie beunruhigend detailliert meine Träume in der letzten Zeit und vor allem in den Nächten nach ihrem Anruf neulich geworden sind. Wie hartnäckig sie zu dem bedrohten Haus zurückkehren. Wie wenig ich sie noch von realen Erlebnissen unterscheiden kann und daß der Gedanke an mein Elternhaus mich auch tagsüber fast unaufhörlich beschäftigt.

Ich erzählte ihr von diesen Aufzeichnungen. Und ich erzählte ihr, welches Erlebnis mit dem Bild unseres Hauses in mir emporgestiegen ist. Wie vollständig ich dieses Erlebnis jahrzehntelang vergessen zu haben schien. Daß ich mich meiner damaligen Besessenheitsvorstellungen zeitlebens geschämt habe. »Herrgott, Bettina, ich habe den Eindruck, daß ich mit zwölf eine psychotische Episode erlebt habe«, sagte ich. »Wieso muß ich das jetzt alles wieder hochwürgen?«

Und unvermittelt, ohne daß ich es hätte kommen sehen, liefen mir Tränen über die unrasierten Wangen. Eine Pause entstand. »Heinrich«, sagte Bettina, die an ihrem Ende der Telephonleitung merkte, wie mir zumute war. »Heinrich. Mein Lieber.« Ich entschuldigte mich für einen Moment, putzte mir im Badezimmer die Nase und wusch mir das Gesicht. »Du Armer«, sagte Bettina, als ich wieder dran war. Ich hatte den Eindruck, sie werde selber gleich anfangen. Ich schneuzte mich noch einmal ausführlich. »Was ist das bloß, Bettina«, sagte ich, »wieso kann ich an nichts anderes mehr denken?«

»Na, um dich zunächst mal darüber zu beruhigen, was dir vermutlich die meisten Sorgen macht«, sagte sie, »ein Gehirntumor ist es bestimmt nicht.« Ich mußte unwillkürlich lachen. Bettinas Intuition ist ein wirkliches Phänomen. Es sei normal, daß Leute in meinem Alter in ihrer Vergangenheit versinken, sagte sie. Ich solle mir keine übermäßigen Sorgen darüber machen. »Offenbar war dieses Haus auch wichtiger für dich, als du gewußt hast.« Meine Erinnerungen aufzuschreiben fand sie eine ausgezeichnete Idee. Es ist jetzt über zehn Jahre her, daß wir geschieden sind. Und immer noch gibt es niemanden, der mich besser beruhigen könnte als Bettina.

Wir unterhielten uns lange über die Vorstellungen, die mich als Kind geplagt haben. Es könne schon sein, sagte Bettina, daß ich mit zwölf einen vorübergehenden psychotischen Schub hatte. Auch das sei viel häufiger bei Zwölfjährigen, als man gemeinhin annimmt. Eine Art Meteoriteneinschlag, der die inneren Landschaften für immer verändert. Ein Krankheitsherd, der sich einkapselt und das weitere Leben bestimmt. Sie sagte, sie habe immer den Eindruck gehabt, daß ich »meine Zelte ziemlich nah am Abgrund aufgeschlagen« habe. Außerdem fand sie es aufregend, daß das jetzt an die Oberfläche kommt.

»Die letzte Nachricht aus einem Abbruchhaus«, sagte sie. »Eine Flaschenpost aus der Zeit vor dem Krieg.«

Ein Fleck Nachmittagssonne lag auf der Armlehne meines Sessels. Wir schwiegen. Die Telephonverbindung rauschte zwischen meiner Dachwohnung und unserem ehemaligen Haus. Wir konnten uns noch nicht verabschieden voneinander. Wir redeten ein bißchen über ihre Arbeit, über Tommy. Wir gerieten ins Plaudern über die alten Zeiten. Und schließlich riefen wir uns gegenseitig einen bestimmten Nachmittag aus den siebziger Jahren ins Gedächnis.

Es war während unserer Amerika-Zeit, im fast schon subarktischen Licht eines Herbsts in Connecticut. Wir hatten einen Strandspaziergang irgendwo am Atlantik gemacht und stießen, erschöpft und durchgeweht, schließlich auf dieses altmodische und ein bißchen verwahrloste Art-deco-Fischrestaurant. Nach dem Essen sahen wir schweigend auf den Ozean hinaus, über dem es Nacht wurde, als sie plötzlich meine Hand nahm und sie nicht mehr losließ, bis wir zurück im Hotel waren.

Es dämmerte, als Bettina schließlich auflegte. Ich stand am Fenster und sah in den Park hinaus, nicht mehr allein mit meinen Erinnerungen und Träumen. Ich mag ein schlechter Ehemann gewesen sein. Und doch werde ich, solange Bettina da ist, nie wirklich allein sein. Ich weiß nicht, wie lange ich dort am Fenster gestanden bin. Ohne daß es mir bewußt war, hatte ich meine Stirn an die Scheibe gedrückt. Als sei das die altüberlieferte richtige Geste für einen Mann, der in seinem langen Leben mehr Glück gehabt hat als Verstand.

9.

Der Park war von Nebel erfüllt heute morgen. Als ich gegen neun zum Fenster hinausschaute, drang das Gelb der Kastanienblätter gedämpft, mit letzter Kraft sozusagen, zu mir herein. Es mußte sich durch eine Helligkeit kämpfen, in der alles Sichtbare unterzugehen drohte. Ich frühstückte, eingehüllt vom weichen Licht und vom Ölfarbengeruch meiner vorgestern zum ersten Mal wieder angedrehten Heizung. Ich habe diese weiße Undurchdringlichkeit schon als Kind geliebt, wenn sie an Herbstmorgen in den zwanziger Jahren vor den hohen Fenstern meines Klassenzimmers lag. Ich sah sie in den Zweigen der Birke vor der Dachkammer meiner elterlichen Villa; und später in einem kleinen Garten hinter dem Londoner Haus, das meine Eltern Ursula und mir 1937 geschenkt haben.

Es war eine merkwürdige Zeit, die wir nach meinem Examen dort in Fulham verbrachten. Ein junges Ehepaar in einem fremden Land (an das wir uns sehnsüchtig klammerten; das sich unsere Zuneigung freundlich und gleichmütig gefallen ließ) – seltsam ratlos auch miteinander und nicht allzu gespannt darauf, was mit uns werden sollte. Ursulas Atelier war ein ebenerdiger Wintergarten. Durch sein gläsernes Dach fiel Licht in die Küche, wo der Eßtisch stand. Dort trafen wir uns abends mit Freunden und morgens zum Frühstück. Ursula hatte von Beginn unserer Ehe an auf getrennten Schlafzimmern bestanden.

Während ich meine Tage in der Bank verbrachte,

malte sie, nur durch das Glas dieses Wintergartens von den Stimmungen, Zweigen und Jahreszeiten des kleinen Gartens getrennt, an Leinwänden, die ich bewunderte, obwohl ich ahnte, daß sie nicht zwingend genug waren, auf sie ein Künstlerleben zu begründen. Was Ursula machte, sogar die Art, wie sie am großen Holztisch in der Küche saß und nach der Arbeit eine Tasse Tee trank, schien mir abenteuerlich. Vor der Verwaltung von Geldströmen und Kredit flüchtete ich nach Hause zu meiner Frau. Aber jedesmal wenn ich sie ansah, merkte ich, wie schnell sie sich von mir entfernte. Nur wenn wir miteinander schliefen, während ein paar Sekunden fast erschrockenen Wiedererkennens, schien sie mich wahrzunehmen.

Der Nebel lichtet sich. Eine kühle Sonne erwärmt die Farben. Ich trinke Tee und versuche mir die Jahre in der Bank zu vergegenwärtigen. Nie vorher oder nachher ist mein Leben so in Gefahr gewesen, unrettbar zu verunglücken – einfach indem es so weiterging wie gestern, wie letzte Woche, letztes Jahr. Die Katastrophe begann damit, daß mich mein Vorgesetzter auf sinkende Umsätze in meinem Verantwortungsbereich ansprach (was seine Pflicht war). Ich wußte nicht genau, was vorging. Vielleicht hatten wir es nur mit dem Zufall zu tun. Vielleicht bot die Konkurrenz bessere Konditionen (ich verkaufte Finanzierungsverträge für Eigenheime). Er wies mich, mit väterlicher Nachdrücklichkeit, auf Fehler hin, die ich tatsächlich machte; ich beging, im verzweifelten Bemühen, ihm zu imponieren, schlimmere. Ich rechtfertigte mich, ich rebellierte, ich verlor an Boden. Ich wurde degradiert. Die Farbe verschwand aus der Welt, mit trauriger Langsamkeit. Elias wurde geboren. Ursula sprach immer weniger und schlief überhaupt nicht mehr mit mir.

Ich ging in die Bücher davon. Wenn ich im Morgengrauen aufwachte, stieg ich in mein Arbeitszimmer hinauf und schrieb. Ich begann, mein Altgriechisch aufzupolieren. Während in den Hinterhöfen der Wintermorgen graute, las ich bei Heraklit, daß nur die Wachenden eine gemeinsame Welt haben, während im Traum jeder in seine eigene zurückkehre. Als sich in den Bäumen die ersten Blätter zeigten, las ich in Platons »Timaios« über die Erschaffung der Sterne und der ihnen zugeordneten menschlichen Seelen. Ich bot der BBC Rezensionen der Bücher von Böll, Grass und Albert Vigoleis Thelen an; man ermutigte mich, ein Hörspiel nach deutschem Vorbild zu schreiben; während eines langen, unglücklichen Sommers entstand ein vergessenes Theaterstück. Elias wurde zwei. Elias wurde sechs. Ich fuhr immer noch jeden Tag zur Bank.

Mein Job wuchs mir endgültig über den Kopf. Ich glaube, daß ich Elias damals wochenlang nur am Sonntag nachmittag auf ein paar Stunden zu Gesicht bekommen habe. An den anderen Tagen mußte es ein flüchtiger Kuß in der Tür am Morgen tun, ein Zurechtziehen der Bettdecke im nächtlichen Kinderzimmer. Eines Abends, spät in der Nacht, eröffnete mir Ursula, daß sie mich verlassen werde.

Es gibt nichts Schlimmeres, als jahrelang ertragen zu müssen, daß Kollegen und Vorgesetzte verstummen, wenn man den Raum betritt, daß man zu Besprechungen über das eigene Arbeitsgebiet keine Einladung bekommt, daß man jeden Tag allein zum Mittagessen gehen muß. Wenn ich damals nicht langsam und dann plötzlich immer schneller als Autor bekannt, fast ein bißchen berühmt geworden wäre, hätte es mich zerstört. Als der Dean meines alten Colleges einen Lecturer für Griechisch suchte, warf ich meinen Hut in den Ring, bekam den (wesentlich schlechter bezahlten) Job und kündigte bei der Bank. Es war im Juni 1952. Es dauerte nur noch zwei Jahre, bis ich meinen PhD nachgemacht hatte, und drei weitere, bis ich Professor der University of London war.

10.

Als der Nebel sich gestern am frühen Nachmittag vollends verflüchtigt hatte, brach ich zu einer meiner Wanderungen durch den Park auf. Mein Leben lang haben mir die langen Spaziergänge gutgetan, nicht nur jene Stadtwanderungen mit Walter, als wir jung waren, sondern später auch die Bergtouren, zu denen ich in die Schweiz fuhr, nach Kalifornien, einmal sogar ins indische Vorgebirge des Himalaya. Und ich verlor mich gehend in der Erinnerung an jenes kleine Hotel in Simla, die ehemalige Residenz eines Maharadschas, die sich seit den zwanziger Jahren nicht verändert hatte und die mir jetzt auf meinen langsamen Wegen – vom Blick aus dem

Fenster des Frühstücksraums (Tannen vor einer grauen Felswand) bis zu den Mustern der Teppiche oder der soliden Schwere der Badezimmerarmaturen – in jeder Einzelheit gegenwärtig war.

Es war mir immer, als könne ich mich durch das Gehen, und später durch das Fahrradfahren, wieder an mich selbst erinnern. Dann erzählte ich mich mir selber. Mein Erfolg und mein Unglück fügten sich zu einem Sternbild, das in den ungeordneten Materiehaufen der blinden Ereignisse nur ich selbst entdecken konnte. Geschichten entstanden und vergingen wieder. Abends fühlte ich mich in der Müdigkeit wieder ganz. Und wenn ich zurückkam, merkte ich an den Blicken Bettinas, an der Art, wie Tommy auf meinen Schoß kletterte, um sich etwas vorlesen zu lassen, daß ich auch der Mann hätte sein können, der für die beiden gut gewesen wäre. Denn ich war nicht gut für sie. Wie ich gelebt habe, ist meine persönliche, eine sehr eigene Form von Blasphemie gewesen. Und es hilft mir nicht viel zu wissen, daß es so sein mußte. Daß mir ein anderes Leben nicht möglich war.

Lebensläufe können tatsächlich verunglücken, das weiß ich seit meiner Zeit in der Bank. Daß man verfehlen kann, wofür man gedacht war, daß man die Frage, auf die das eigene Leben eine Antwort hätte sein müssen, hartnäckig überhören kann (daß man in die Hölle kommen kann): Ich weiß, das sind Tatsachen. In den Evangelien wird eine rätselhafte und gleichzeitig merkwürdig authentisch wirkende Äußerung Jesu überliefert. Die Evangelisten schildern eine Art Wutanfall des Erlösers.

Er hatte vor vielen Zuschauern Teufel aus einem Besessenen ausgetrieben und ihn so geheilt.

Ich habe in den späten vierziger Jahren Gelegenheit gehabt, Filmaufzeichnungen von den Nürnberger Kriegsverbrecherprozessen zu sehen, die ich für eine Artikelserie über das Führungspersonal des Dritten Reichs auswertete. In den Handlungen und Äußerungen einiger der Angeklagten glaubte ich etwas gesehen zu haben, das wirklich der Austreibung bedurft hätte. Die Motive dieser Individuen waren nicht zu verstehen. Sie hatten keine. Ich hatte nicht einmal das Gefühl, die Menschen, die da dieser haarsträubenden Taten überführt wurden und nun pathetisch verzückt oder innerlich reglos daherredeten, seien sinnvoller- oder berechtigterweise zu bestrafen. Ich sehnte mich danach, daß jemand kommen würde, der das aus ihnen Handelnde und Redende dahin zurückverweisen könnte, von wo es gekommen und in diese entsetzlichen Lebensläufe gefahren war.

»Da ward ein Besessener zu ihm gebracht, der war blind und stumm; und er heilte ihn, also daß der Blinde und Stumme redete und sah. Und alles Volk entsetzte sich und sprach: Ist dieser nicht Davids Sohn? Aber die Pharisäer, da sie es hörten, sprachen sie: Er treibt die Teufel nicht anders aus, denn durch Beelzebub, der Teufel Obersten.« Nicht nur die Wut, mit der Jesus auf diesen Angriff reagiert (sie ist durch so viele Jahrhunderte und Überlieferungen hindurch immer noch spürbar), sondern auch der ungewöhnliche Aufwand theologischen Scharfsinns, der ihm seine Abwehr wert ist, zeigt, wie tief die Pharisäer Jesus mit diesem Vorwurf getroffen haben.

Der wütende Jesus führt die Pharisäer bei einem Selbstwiderspruch vor. Denn wenn er, wie sie sagen, den Teufel durch den Oberteufel vertreibt, dann ist das Teuflische weder eine einheitliche Macht mehr, noch eine autonome. »So denn ein Satan den anderen austreibt«, sagt er, »so muß er mit sich selbst uneins sein; wie kann denn sein Reich bestehen?« Diese Argumentation ist von einer irgendwie unjesuanischen Eleganz. Und merkwürdig modern. Denn Jesus läßt den Vorwurf scheinbar zunächst gelten, er könne den Teufel in jenem Besessenen durch Beelzebub ausgetrieben haben. Und setzt die Pharisäer dann mit dem Argument schachmatt, daß das ja nur bedeuten kann, daß er, Jesus, in Wirklichkeit das Reich des Satans besiegt hat; denn es wendet sich offensichtlich gegen sich selbst, indem es Jesu Befehlen folgt.

Ich habe mein Leben ertragen, indem ich verschiedene Verzweiflungen gegeneinander ausgespielt habe. Die Angst, in der leeren Wohnung den Herd angelassen zu haben, gegen die Angst, meinen Zug nicht mehr zu erreichen. Die Demütigungen in der Bank habe ich durch das Schreiben besänftigt, die Angst vor dessen Mißerfolg durch die Sicherheiten des Angestelltendaseins. Solange meine Ehen glückten, brachten sie eine Weile mein Bedürfnis, allein zu sein, mit meiner Angst vor der Einsamkeit ins Gleichgewicht. Erfolg in der Moderne besteht darin, Teufel gegeneinander auszuspielen. Schon der Trickster im Märchen siegt, indem er die beiden Riesen, die ihn erschlagen wollen, gegeneinander aufhetzt. Im ersten, dem moderneren Teil seiner Erwiderung an die Pharisäer beansprucht Jesus, nicht mehr zu sein als ein erfolgreicher Trickster.

Aber das ist nur Schein. Oder ist dieses erste Argument ein Splitter des wirklichen Jesus, der noch nicht von den Theologen des zweiten Jahrhunderts überformten Lehre? Jesus von Nazareth besteht nur aus Erzählungen. Der verzweifelte kleine Junge in der Kliniktoilette war nicht vertraut mit den theologischen Unterscheidungen, die der alte Mann in seinem von Büchern erfüllten Ruhesitz hoch über Dächern und Baumwipfeln gelassen erwägt. Ihm wurde der zweite, der dogmatische Teil der Erwiderung Jesu an die Pharisäer zu einer Teufelsfalle. »Sag dich los«, wisperte die Zumutung in seinem Inneren, »komm zu mir«.

Jesus, in seinem heiligen Zorn auf die Pharisäer, hatte ihnen angedroht, Lästerung des Heiligen Geistes sei die Sünde, die niemals vergeben werden kann. Und da es unmöglich ist, etwas nicht zu denken, was man nicht denken darf, ging der Kampf, den ich in der Toilette der Universitätsjugendpsychiatrie an jenem Wintervormittag des Jahres 1929 aufgenommen hatte, zunächst scheinbar verloren. Denn es passierte überraschend schnell, daß ich dachte, was ich glaubte unter keinen Umständen denken zu dürfen. Was man nicht denken darf, das muß man denken. Und so gaben mir meine Denkzwänge eine fäkale, eigentlich überraschend komische Lästerung des Heiligen Geistes ein, die zur Lokalität meines seelischen Ringens gut paßte und mich alten Trickster heute, hinter heruntergelassenen Jalousien an diesem frühen Nachmittag, irgendwie auch anerkennend schmunzeln läßt. Der überdrehte kleine Kerl, der ich einmal war, nötigt mir, je genauer ich mich an ihn erinnere, unwillkürlich immer mehr Respekt ab. Jedenfalls nicht nur Mitleid.

Nach der Verwundung, die sie meinem Weltvertrauen an jenem Morgen beigebracht hatte, verstummte die Stimme des Bösen. Ich habe sie mein Leben lang nie mehr auf diese Art vernommen. In der Klinik folgten weitere Tests, Besuche, Papierkraniche. Nach sechs Wochen wurde ich entlassen. Um die Klinik lag meterhoch der Schnee. Ich konnte mir mein weiteres Leben nur noch vorstellen als Warten auf die Verdammnis. Es gibt ein Foto von mir aus dieser Zeit. Ich sitze apathisch in meinem Zimmer unter einem Wandregal. Mein Mund steht offen, ich scheine geweint zu haben. Eine herunterhängende Kinderhand drückt vollkommene Hoffnungslosigkeit aus.

11.

Meine letzte Eintragung liegt vierzehn Tage zurück. Aber beileibe nicht deshalb, weil ich diese Aufzeichnungen vergessen hätte. Jenes Jahr in der späten Weimarer Zeit hat mich unaufhörlich beschäftigt in den Tagen, die jetzt an mir vorüberziehen, einer strahlender als der vorherige, Tage aus Morgennebel und goldfarbenen Blättern, unter einem Himmel, der kein Ende nimmt. Merkwürdige Dinge sind in den letzten beiden Wochen passiert. Es begann damit, daß mich noch am Abend, nachdem ich die vorstehenden Notizen beendet hatte, eine Trostlosigkeit überkam, die der des Dreizehnjährigen glich. Ekel vor mir selbst, Verzagen vor der Aufgabe, mich so auszuhalten, wie ich nun einmal bin – das kenne ich ja längst. Ich kann mich erinnern an Novembernächte nach meiner ersten Scheidung, in denen ich mein Wüten gegen mich selbst nur mit einer Flasche Scotch beruhigen konnte, bevor es mich am Morgen wieder mit doppelter Gewalt anfiel. Aber noch nie habe ich mich so verurteilt gefühlt wie an dem Abend vor zwei Wochen, als ich nach einem durchschriebenen Nachmittag mühsam aus dem Sessel aufstand, in die Küche hinüberging, mir ein Sandwich machte und ein Bier öffnete.

Ich brachte keinen Bissen herunter. Ich saß am Küchentisch, starrte auf den Eisschrank und beobachtete, wie sich in mir die Schleusen der Verdammnis öffneten. Ich sah Elias vor mir, wie er an einem Winternachmittag, als er zwei oder drei Jahre alt gewesen ist, erschrocken das Gesicht seiner Mutter zu sich herunterzog und streichelte. Ursula weinte. Wir hatten versucht, darüber zu sprechen, wie es mit uns weitergehen sollte, nachdem ich ausgezogen war und schon wußte, daß ich nie mehr zurückkehren würde.

Ich stand noch einmal, viele Jahre später, vor Bettina, in deren Gesicht sich, während wir einander anschrien, so viel Verzweiflung sammelte, daß sie schließlich ausholte und mir die Brille von der Nase schlug. Es war ein leuchtender Sonntagvormittag im August. Sonne lag auf den Bäumen, die glücklichere Menschen als wir gepflanzt hatten, auf den Rasenflächen zum See hinunter. Wir bemerkten zu spät, daß Tommy mit weit aufgerissenen Augen in der Tür stand und alles mitangesehen hatte.

Etwas wirklich und irreparabel Schlimmes ist mir in dem Leben, das man irrtümlich allein für das wirkliche hält, nie zugestoßen. Und trotzdem glaube ich zu wissen, wie es in der Hölle ist. Mein Vater war ein kluger Mann; vor allem aber besaß er die Bauernschläue, die man bei Menschen, die große Vermögen erwerben und behalten, immer findet. Als ich fünfzehn war, ein knappes Jahr bevor wir emigrieren mußten, führte ich ein langes Gespräch mit ihm über die Nazis und die Kommunisten. Mit ihren Aufzügen, ihren SA- und Rotfrontkämpferuniformen waren sie auch in unserer Stadt unübersehbar geworden. Zu dieser Zeit muß ein Großteil seines Geldes bereits in der Schweiz gewesen sein.

Die Kämpfe auf den Straßen, sagte mein Vater damals, seien geistig unausweichlich und könnten nur mit dem Sieg einer der beiden Seiten enden. Seiner Ansicht nach entscheide sich in ihnen die Zukunft des Landes. Nicht unsere. Wir, sagte mein Vater, seien davon nicht betroffen. Das war in den großen Ferien 1932. Ich fuhr beseelt von einer Art Hochmut in mein Internat zurück, der mir Sicherheit gab gegenüber den auch dort gelegentlich schon auftauchenden antisemitischen Hänseleien. Meine Eltern und ich gehörten zu den Menschen, die durch ihr Geld und ihr Wissen unverwundbar waren.

Und acht Jahre später ist mein Vater, im Londoner Exil, an Krebs gestorben. Ich weiß noch, wie ich ihn eines frühen Morgens, auf meinem Weg zur Toilette, in der Bibliothek unserer Wohnung in Golders Green sitzen sah, grau vor Schmerzen, in eine Wolldecke gehüllt, hilflose Angst in den Augen. Er war, als der Anfall kam, aufgestanden, um meine Mutter nicht zu wecken. Ich erinnere mich an seine letzten Tage, als er sich schon nicht mehr für uns interessierte. Er konnte nicht mehr sprechen. Jede Berührung verursachte ihm Schmerzen. Man konnte seine Hand nicht mehr streicheln. Oft drehte er das Gesicht zur Wand, wenn meine Mutter oder ich das Zimmer betraten. Als ich ihn das letzte Mal sah, küßte ich ihn, so zart ich konnte, auf die Stirn. Er war in der für ihn bestimmten Hölle. Nichts konnte ihm mehr helfen.

Meine eigene Gesundheit scheint unerschütterlich. Die Gelenke tun mir manchmal weh. Auf mein Herz muß ich angeblich aufpassen. Aber was ist das schon. Ich hatte andere Probleme. Warum zum Beispiel bin ich mit den Frauen so unglücklich gewesen und sie mit mir? Sobald ich einer wirklich nahekam, habe ich mich gefühlt, als müsse in dieser Nähe alles untergehen, was ich bin und sein will. Sogar meine strahlende Bettina ist mir manchmal wie ein Gespenst erschienen, wenn sie mit Tommy auf dem Arm in der Tür meines Studierzimmers stand oder wenn ich ihr morgens im Bad begegnete und ihr entschuldigendes Lächeln mir das Herz brach. Fast immer bin ich geflohen, immer habe ich Unglück gestiftet.

Und natürlich ist es mir in den letzten vierzehn Tagen auch nicht gelungen, die Erinnerung an den Nachmittag von mir fernzuhalten, als Bettina mich mit der Nachricht von Ursulas Selbstmord erreichte. Es war in Amerika, in meinem Büro in Nashville. Drei weiße Lilien standen in einer hohen Glasvase auf meinem Schreibtisch. Ich hatte Ursula damals schon fast zehn Jahre nicht mehr gesehen und wußte nur, daß sie irgendwo in Bloomsbury eine kleine Eigentumswohnung besaß. Dort hat man sie gefunden. Sie hat sich erschossen. (Es muß eine unaussprechliche Sauerei gewesen sein.)

Bettina legte auf an jenem Nachmittag in den siebziger Jahren. Ich dachte daran, daß ich jetzt Elias würde anrufen müssen, der damals in Schweden studierte. Ich betrachtete die Lilien vor mir. Es war mir zuvor nie aufgefallen, daß weiße Lilien Totenblumen sind. Ich sagte alle Tutorials für den Rest des Tages ab. Es war ein brütend heißer Nachmittag im Juli. Schon gegen fünf war ich so betrunken, daß ich irgendwo ein Hotelzimmer nahm, um mich Bettina und Tommy nicht zumuten zu müssen.

Früher habe ich gedacht, jenseits der Siebzig würde man ruhig und abgeklärt. Dabei bin ich in den letzten zwei Wochen so ruhelos gewesen wie ein alter Wolf. Nicht nur, daß ich ohne Vorwarnung in diesen bedrükkenden inneren Bildern versinke. Auch die Farben um mich sind von einer Leuchtkraft, die ich nachmittagelang fast nicht ertragen kann. Die Vögel scheinen zu brüllen. Ich kann den Schlag entfernter Kirchenuhren aus dem Verkehrslärm heraushören. Sogar mein Geruchssinn ist eigenartig geschärft. Ich bilde mir ein, daß ich heute, bei einem Kaffee und Croissants im Café die Zeitungen lesend, wahrnehmen konnte, daß die jüngere der beiden Polinnen ihre Tage hatte.

Wie immer, wenn ich unter Depressionen leide, bin ich viel Fahrrad gefahren. Und ich habe den Trost der Bücher gesucht. Vor einer Woche zum Beispiel habe ich mich aufgemacht und entdeckt, daß es jenseits des Parks die altmodischen Bibliotheken der Universität noch gibt. Aus der Mittagswärme bin ich durch das Marmorportal in akademische Schattenwelten getreten und habe meinen Schritt in Gängen gehört, die denen meines alten Colleges glichen.

Ich bin Treppen hinaufgestiegen und saß schließlich im Lesesaal des Instituts für Alte Sprachen. Die Blätter der Pappeln auf dem Boulevard fielen durch die Sonne herab und blieben auf dem Bürgersteig liegen. Vom Fenster vor dem Arbeitstisch, den ich in diesen Tagen mit Beschlag belegt hatte, kann man, über den Park hinweg, die meiner Wohnung sehen, wenn man sich ein bißchen hinausbeugt.

Was natürlich streng verboten ist. Der freundliche junge Mann am Aufsichtspult mußte mich darauf hinweisen. Er ist ein bißchen körperbehindert und humpelte, als er in sein Hinterzimmer ging, um ein paar Minuten später, strahlend und stolz, mit je einer Tasse Nescafé für sich und seinen einzigen Leser wieder aufzutauchen. Denn tatsächlich waren wir halbe Nachmittage ganz allein miteinander. Die Sonne rückte vor auf den Regalen. Es roch nach Staub und nach dem Papier der Bände, die ich auf dem Tisch vor mir versammelte.

Und über ihnen, tief in der Romantik des dritten und vierten Jahrhunderts, bin ich aus meiner Verzweiflung wieder emporgetaucht. Es ist an sich kein Wunder, daß einen deplazierten Bildungsbürger gerade diese Zeit so anzieht. Damals war alles noch einmal fast wie auf dem Höhepunkt der römischen Kaiserzeit. Das Reich würde noch über ein Jahrhundert bestehen bleiben. Der Kaiser Julian Apostata hat sogar versucht, dem Christentum eine organisierte Version der alten Frömmigkeit und Weisheit entgegenzusetzen. Und doch konnten die Autoren, die mir in diesen Tagen wieder so nah sind, die beseelte Welt nur in der Erinnerung finden. Ich las meinen alten Liebling wieder, Ammianus Marcellinus. Ich verlor mich in den Fragmenten, die von dem berüchtigten Vielschreiber Ausonius übriggeblieben sind. Und ich versuchte noch einmal dem fast schon mittelalterlich krausen – dem auf liebenswerte Weise ein bißchen verrückten – Verfasser der »Historia Augusta« auf die Schliche zu kommen.

In seinen Kaiserbiographien habe ich auch die Entdekkung gemacht, die mich so weit tröstet, daß ich weiterschreiben kann. Daß die Sonne mich wieder freut, daß ich wieder in der Welt angekommen, daß ich nicht mehr endgültig verdammt bin. Natürlich ging es mir zunächst noch einmal um die beiden Gordiane, die für ein paar Wochen Kaiser waren und gute Kaiser sein wollten. Ich habe mir diesmal aber auch ihre beiden Gegenspieler etwas näher angesehen, den Tyrannen Maximinus Thrax und seinen Sohn Maximinus. Sie werden in der »Historia« den Gordianen entgegengesetzt als das absolut Böse, dem trotzdem Gerechtigkeit widerfahren soll.

Maximinus Thrax wird als so etwas wie der Teufel geschildert. Er ist von barbarischer Herkunft und riesiger

Gestalt. Er kann Pferde mit einem Fußtritt töten. Er trägt die Armreifen seiner Konkubinen als Ringe am Daumen. Die Nachricht von der Erhebung des älteren Gordianus zum Gegenkaiser verwandelt ihn in ein rasendes Tier. Fast hätte er in diesem Zustand seinen Sohn erschlagen.

Und wie dieser Sohn, wie der jüngere Maximin in der »Historia Augusta« erscheint, hat mich schließlich aus der Verzweiflung zurückgeführt. Ich weiß jetzt wieder, daß der König allein Dichter ist. Zumindest hat das der Verfasser der Maximinenbiographie gewußt. Der jüngere Maximin ist für ihn der Sohn des Satans. Alle politischen Instinkte des anonymen Romantikers, der uns von ihm erzählt, laufen darauf hinaus, daß Maximins Scheitern und sein qualvoller Tod vor den Toren Roms ein Segen gewesen sind.

Und zugleich beschreibt er diesen jungen Mann mit der Zärtlichkeit, die ein Schriftsteller seinem Romanhelden entgegenbringt. Er preist seine Schönheit. Der briefmarkensammlerischen Geilheit seines Gegenspielers, des jüngeren Gordian mit seinen zweiundzwanzig offiziellen Konkubinen, stellt er Maximins unbekümmertheldischen Mangel an Eitelkeit gegenüber; er lobt die Loyalität, die Maximin seinem tierischen Vater entgegenbringt; seine Tapferkeit. Er geht so weit, die senatorischen Soldaten, die Maximins Schönheit verspotten, als Menschen zu verurteilen, denen alles Schöne nur Anlaß sei, es in den Dreck zu ziehen.

Der eigenartige Schriftsteller, der uns von Maximinus Thrax erzählt, beschreibt dessen schönen Sohn als Morgenstern, der aus dem Meer emporsteigt. In dem Vergil-

Zitat, das er dazu benutzt (und von dem die ersten zwei Verse authentisch sind, der dritte jedoch sonderbarerweise frei erfunden) wird nicht der gebräuchliche Name Hesperus, sondern das seltenere »Lucifer« für den Planeten Venus gebraucht. Das Wort hat zwar nicht zu Vergils Zeit, wohl aber zur Zeit der Abfassung der »Historia Augusta« schon unsere heutige, schon die satanische Bedeutung gehabt.

Ich sah von den Büchern auf und blinzelte in die letzte Nachmittagssonne. Der Verfasser der »Historia« – über den wir fast überhaupt nichts wissen – kam mir so verwandt vor wie die Schriftsteller meiner eigenen Zeit schon lange nicht mehr. Dieses Vergil-Zitat mit der Anspielung auf den Teufel ist eine Botschaft aus dem dritten Jahrhundert, die ich als erster entzifferte. Aeneis VIII, 589 f., mit einer fiktiven Fortsetzung. Eine Flaschenpost, die ausgerechnet ich nach fast zweitausend Jahren gefunden habe.

Maximin, der unterliegende Luzifer, ist vom Verfasser der »Historia Augusta« so uneigennützig gerettet worden, wie das nur wirkliche Dichter für ihre Figuren tun. Ich weiß jetzt, daß der Herrscher der Welt auch uns retten wird. Nicht weil wir gut sind, sondern weil er ein Dichter ist. Und weil auch wir, ihm folgend, unser Leben so weitererzählen müssen, daß es gut ausgeht, egal wie vollständig wir versagt und wieviel Schlimmes wir angestellt haben mögen. Ich bin froh, daß meine Fachkollegen nicht lesen können, was ich hier schreibe. Offenbar mache ich mir gerade, aus einem gefälschten Vergil-Zitat in der »Historia Augusta«, Erinnerungen an die Philosophie Plotins und Vermutungen über eine verschollene Schrift des Origenes meine eigene Privatreligion zurecht. Wenn es so ist, dann hat sie geholfen. Ich kann wieder sehen, wie groß die Welt ist. Ich möchte meine Geschichte weitererzählen.

12.

Schnee machte die Landstraße fast unpassierbar, als ich mit meinen Eltern von der Universitätsstadt nach Hause fuhr. Es war ein sonniger, kalter Nachmittag im Januar des Jahres 1930. Wir fuhren durch vom Schnee halb begrabene Dörfer, bis sich die Hänge und Panoramen der Stadt unter uns entfalteten. Ich war wieder daheim.

Ich weiß noch, wie kühl und trocken die Hand meiner Mutter war, als wir im Fond des Wagens saßen und sie – vorsichtig, fast heimlich – nach meiner griff und sie lange hielt. Mein Vater, vorn neben unserem Chauffeur, betrachtete die Landschaft und schwieg. Unser Dienstmädchen hatte die Holzdielen in meiner Dachstube gescheuert, die Fenster geputzt, das Bett bezogen, den Kohleofen geheizt. Jack Londons Roman »Der Seewolf«, ein farbig illustrierter Band, den ich mir schon lange gewünscht hatte, lag auf der Bettdecke. Unten aßen wir zu Abend, und mein Vater, nachdem er sich eine Zigarre angezündet hatte, eröffnete mir, ich werde in den nächsten Wochen nicht wieder zur Schule gehen müssen. Statt dessen seien zweimal wöchentlich Gespräche mit Dr.

Leuchtenbrink anberaumt worden, einem Schüler jener Kapazität, vor der ich in der Klinik nackt hatte auf und ab gehen müssen.

Erinnerungen sind etwas Schreckliches. Wir scheinen uns von nichts befreien zu können. Und so bin ich in diesen Tagen ganze Stunden lang erinnerungsweise wieder in jenem Zimmer gewesen, wo ich als Junge vor mich hin gebrütet habe, die mir zugedachten Höllenqualen bedachte und einen Ausweg suchte.

Die Birke im Vorgarten war weiß vom Schnee, der auf das Stadttal fiel. Der Rauch aus den Schornsteinen verwehte. Dort unten wurden die Erfindungen meines Vaters ins Werk gesetzt. Die Gewißheit, in die Hölle zu kommen, war so groß geworden wie die Welt. Morgens brachte mir das Mädchen Getreidekaffee mit Milch und ein Marmeladebrot; einmal berührte sie meine Wange mit dem Handrücken, als ich trostlos am Fenster saß und zu ihr aufsah.

Am Nachmittag kam meine Mutter; ich erkannte ihren Schritt auf der Stiege. Manchmal brachte sie mir Schokolade aus der Stadt mit. Schneegeruch lag auf ihrer Haut. Einmal weinten wir zusammen in der Dämmerung, nachdem wir lange gesprochen hatten. Meine Verzweiflung machte ihre Vernunftgründe zunichte. An den Abenden unterhielt sich mein Vater mit mir. Ich würde diese Gedanken überwinden, mich dem Leben stellen müssen. »All das da draußen«, sagte er und wies auf das nächtliche Tal, »wartet auf dich.« Wintermorgen gingen in endlose Nachmittage über; Abende kamen. Wir feierten meinen Geburtstag miteinander. Tauwetter setzte ein, erste Frühlingsluft wehte zu mir herauf. Alles war unerreichbar fern, nichts bedeutete mehr etwas.

13.

Bei uns zu Hause wurde viel Schach gespielt. Schach, pflegte mein Vater zu sagen, sei für Menschen, die mit Realität umgehen, auf dieselbe Weise nützlich wie Latein für Literaten. In meiner Dachstube, bedroht von einer Angst, die mein noch keine dreizehn Jahre altes Wesen zu sprengen schien, begann ich, nachmittagelang Schach gegen mich selbst zu spielen. Ich spielte berühmte Partien aus der Literatur nach. Und ich zerlegte mein Denken in Gegner, die sich belauerten, eigene Stile entwikkelten, gegeneinander siegten. Ich entdeckte dabei, daß man sich selbst nicht betrügen kann. Jene andere Stimme schwieg; aber sie hatte mich mit mir selbst entzweit.

Ich weiß nicht mehr, welcher Teufel mich ritt. Aber ich entdeckte, zunächst wohl mit Hilfe unseres Konversationslexikons, daß es die Prädestinationslehre gab. Ich fand dieses historisch reich erprobte Instrument religiöser Selbstquälerei auf den Regalen meines Vaters, wie glücklichere Jungen meines Alters pornographische Postkarten in einer Schublade gefunden haben mögen.

Es ist spät geworden. Ich trinke einen Haut Medoc von 1974. Bei offenem Fenster freilich kann ich nicht mehr arbeiten. Als ich vorhin ein wenig lüftete, drang der Geruch ferner Schneefälle zu mir herein. Und während sich polare Luftmassen hoch in der Dunkelheit des Oktoberhimmels zusammenballen, vollziehe ich das Grausen nach, das mich als Kind angesichts der Lehre von der ewigen Vorverurteilung packte. Auf welchen Vernichtungssieg über alles Menschliche hat Calvin seinen Gottesstaat gegründet: Das höchste Wesen, angeblich unser aller Vater, könne seine Vollkommenheit nur erweisen, indem er die einen zur Verdammnis bestimmt, die anderen vor ihrer Geburt zur Seligkeit.

Schach zu spielen gegen meinen Vater verschaffte mir die erste Ahnung davon, wie man sich gegenüber einem überlegenen Intellekt fühlt. Es war mir schlechterdings unbegreiflich, wie er mir zwei oder drei Züge voraus sein konnte; wie eine sich schließlich offenbarende Katastrophe von ihm und mir gemeinsam herbeigeführt worden war: ohne es zu wissen von mir selbst, mit Bedacht und Planung auf seiner Seite des Bretts. Später freilich gewann ich beim Schachspielen gegen meinen Vater auch gelegentlich – obwohl ich das Gefühl nicht loswurde, daß er mich mit Absicht und aus erzieherischen Gründen gewinnen ließ.

Dafür verlor ich andere Schachpartien. Über meinen unbeholfenen theologischen Forschungen lernte ich das in Jahrhunderten gesammelte Wissen darüber kennen, wie man die Selbstachtung von Menschen bricht. Und ich erfuhr, daß dieses Wissen keine erzieherische Absicht, keine Güte kennt. Es hat nichts Väterliches. Der Fluch Jesu gegen die Lästerer des Heiligen Geistes verband sich mit den calvinistischen Scheußlichkeiten zu einer metaphysischen Schachstrategie, gegen die ich nicht gewinnen konnte. Erst heute weiß ich, daß ich damals nicht gegen Gott verlor. Der Herrscher der Welt ist ein Dichter. Er beschäftigt sich nicht damit, Kinder zu quälen.

Unendlich war die Menge des Denkbaren und damit der möglichen Lästerungen. Mir jedoch war jene eine, die unverzeihliche, unterlaufen. Da sie in dem verfluchten Anstaltspissoir nun einmal gedacht worden war, hatte sie eine Existenz erlangt, die ich, so verzweifelt ich es mir wünschte, nicht mehr zurückzunehmen imstande war. War es nicht der deutlichste Beweis, daß ich zu jenen Unrettbaren gehörte, daß ich an einem Dezembermorgen des Jahres 1929 diese Lästerung ins Universum der Gedanken unwiderruflich eingeschrieben hatte? Und ich dachte daran, daß der Erlöser zu Judas gesagt hat, mit »des Menschen Sohn« gehe es zwar, wie es in der Schrift geweissagt sei, unabänderlich dahin; aber dem, der ihn nach dem vorbestimmten Gang der Heilsgeschichte verraten müsse, wäre es besser, nie geboren worden zu sein.

Derlei theologische Vernichtungsstrategien finden sich in den Evangelien besonders deutlich in der Judasepisode und den Tiraden Jesu gegen die jüdischen Schriftgelehrten. Es ist kein Zufall, daß sie einen antisemitischen Zug aufweisen; und das protestantische Schuldgefühl, die weltliche Beflissenheit, die gerade in Deutschland die assimilierte jüdische Kultur prägten, mögen dazu beigetragen haben, daß Leute wie mein Vater der Nazipropaganda besonders hilflos gegenüberstanden. Es griff sie etwas an, das in ihrer eigenen Überlieferung auf der Lauer gelegen hatte.

Jedenfalls sah ich die gütige Vernunft meines Vaters zum ersten Mal fassungslos, als ich ihn während eines unserer abendlichen Streitgespräche nach dem Schach mit dem Gedanken konfrontierte, der mich am meisten quälte: daß ich verdammt sein könnte, weil er Jude war. Daß er nicht verstehen könne, was an mir geschehen mußte, weil er ja zu den von Jesus verfluchten Menschen gehörte, zu den Gebildeten, Klugen, zu den Unverwundbaren, Reichen, Hoffärtigen.

Ich sehe seine Augen jetzt so deutlich vor mir wie an jenem Abend, als er mich ansah, nachdem es schließlich heraus war. Im verstörten Gesicht seines eigenen Sohns trat ihm entgegen, was ihn haßte und was er nicht verstand. Ich kann ihm nicht verdenken, daß seine Klugheit und seine Liebe in diesem Moment an ein Ende kamen. Er sah mich an und schüttelte langsam den Kopf. Dann stand er auf und verließ wortlos meine Dachstube. Wir sind auf dieses Gespräch nie mehr zurückgekommen.

Aber ich hatte nun erlebt, daß mein Unglück die Kraft besaß, auch den mir wichtigsten Erwachsenen bis zur Sprachlosigkeit zu kränken. Das Übel in mir hatte sich mit dem verbunden, das sich auf den Straßen, in den Parlamenten und Hinterzimmern des Landes ausbreitete. Mein Vater, Inbild dessen, was mich hätte retten können, war schon zu verunsichert, sich zu wehren und damit auch mir zu helfen. Seine abendlichen Besuche in der Dachstube wurden seltener; Blicke, die mich beim gemeinsamen Mittagessen manchmal streiften, offenbarten seine Verunsicherung, unsere Entzweiung. Es gab damals schon eine große Betriebsgruppe der NSDAP in den Werken, und der Chef der Entwicklungsabteilung, das jüdische Vorstandsmitglied, war ein bevorzugtes Opfer ihrer Destabilisierungskampagnen.

Das griff schleichend an. Es kam aus den Verhältnissen und Institutionen, die meinen Vater und die Generationen vor ihm im Namen der Vernunft, der persönlichen Leistung, des Fortschritts in Schutz genommen hatten. Er spürte, daß es damit vorbei war. Und gegen Menschen, die er für seinesgleichen, für Gentlemen, ja für Freunde gehalten hatte, den alten Hochmut seiner Kultur aufrufen zu müssen war mehr, als seine gesellige, harmlose, philanthropische Natur ertragen konnte. Mich dagegen hat jener Hochmut zuverlässig durchs Leben getragen. Im Grunde bin ich gern ein Außenseiter gewesen. Meine Lust, wegzugehen, abzureisen, etwas Neues zu beginnen, war immer stärker als die Sehnsucht, deren Zurückweisung meinem Vater nun das Herz brach.

Zweimal wöchentlich ging ich auf fast schon vergessenen Schulwegen durch die Stadt zu Dr. Leuchtenbrink. Seine Praxis lag dem Rathaus gegenüber. Ich wurde in seinem – rings hüfthoch mit Bücherregalen möblierten – Behandlungszimmer auf ein Sofa plaziert und sah Wasserspeier aus grauem Stein, die Statue einer Justitia. Zu Beginn meiner Besuche war dieser Ausblick von Schneeflocken oft fast verborgen gewesen; dann windige Märzluft; schließlich die Gerüche des Frühsommers durchs offene Fenster, die Geräusche des Markts in der Tiefe.

Dr. Leuchtenbrink selbst, ein bleicher, blonder Mann in Gehrock und Schillerkragen, trug sommers wie winters Riemensandalen. Er saß in einem Ohrensessel und betrachtete mich aus hellgrauen Augen. Am besten gelang es mir, seine Aufmerksamkeit zu fesseln, indem ich über meinen Vater sprach. Unsere Sitzungen pflegten in Dr. Leuchtenbrinks Frage zu gipfeln, ob mich die Stimme des Teufels an die meines Vaters erinnert habe. Ich ging gern zu Dr. Leuchtenbrink. Seine Aufmerksamkeit tat mir wohl, seine Fragen lenkten mich von meinen dumpfen Betrachtungen ab. Aber in dem Grübelkampf mit meinem unsichtbaren Gegner hat er keine Rolle gespielt. Theologie war Dr. Leuchtenbrinks Sache nicht. Und sein vorsichtig insistierendes Forschen danach, welche Gefühle ich gegenüber meinen Eltern, unserem Dienstmädchen und meinem verstorbenen Großvater hegte, schien mir nur eine Marotte dieses eigenartig an mir interessierten Erwachsenen, etwas, dem ich nachgab wie anderen Erwachseneneigentümlichkeiten auch.

Der Frühling hat im späteren Leben mein seelisches Gleichgewicht oft wiederhergestellt. Damals nicht. Was die Natur belebte, schien 1930 auch dem Feind in mir neue Kräfte zu verleihen. Ich weiß noch, wie ich in meiner Mansarde saß und in die vom Wind bewegten, sich über die Tage mit hellgrünen Blättchen füllenden Zweige hinaussah. Ich beschloß in jenen Frühlingstagen, keine Bußübung, so schmerzhaft und demütigend sie sein möge, unversucht zu lassen, um Gott vielleicht doch noch umzustimmen. Die meisten Menschen erleben den Tiefpunkt ihres Lebens im Alter. Die schlimmste Zeit in meinem Leben habe ich als dreizehnjähriger Junge erlebt. Ich will es jedenfalls hoffen.

14.

Es ist gestern wieder spät geworden. Drei war der letzte Glockenschlag, den ich gehört habe. Die Flasche Merlot auf dem Küchentisch ist leer. Als ich einschlief, stürmte es draußen, der Wind warf Regentropfen gegen die Scheiben. Als ich heute morgen die Vorhänge aufgezogen habe, lag einer dieser unwirklich klaren Tage über der Stadt. Die Luft ist warm, Wolken sind vom See her aufgezogen. Vom Hügel hinter dem Haus wird man die Berge sehen können.

Bei den Polinnen habe ich das schöne Mädchen wieder getroffen. Sie ist nichts Aufregenderes als Kosmetikberaterin in der Einkaufspassage ein paar Straßen von hier. Aber sie hat den Gang, das Aussehen und das Selbstbewußtsein einer Filmdiva. Außerdem hat sie ihr Parfüm gewechselt. Heute roch sie nach Chanel No. 5, ein Duft, den ich noch in homöopathischen Dosierungen zuverlässig wiedererkenne. Die Mädchen in den späten fünfziger Jahren rochen so, wenn es ihnen darauf ankam. Worauf mag es ihr heute ankommen? Sie trug ein schwarzes Wollkleid unter ihrem Mantel, kaufte sich zwei Thunfischsandwiches und blieb einen Moment neben meinem Tischchen stehen. Sie haben's schön, Herr Katz, sagte sie, als ich ihr erzählte, daß ich nachher ein bißchen spazierengehen würde – und lächelte auf ihre unbeschreibliche Weise.

Die Frauen sind schöner geworden seit der Zeit, als ich jung war. Die Männer heute müssen nicht mehr ins Kino. Es reicht, wenn sie in die Einkaufspassage ein paar Straßen von hier gehen. Es ist überhaupt das meiste besser geworden seit der Zeit, als ich jung war. Den Polinnen, glaube ich, tat ich fast ein bißchen leid, als meine Frühstückskönigin, jenen Duft hinterlassend, auf die Straße stöckelte und mir durchs Schaufenster noch einmal zuwinkte. Jedenfalls brachte mir die Ältere ungebeten einen dritten Kaffee und den neuen »Stern«, den die beiden sonst erst auslegen, wenn sie selbst ihn gründlich zerlesen haben.

Das ist das Schöne am Altwerden. Man zählt nicht mehr. Einmal habe ich die schöne Kosmetikberaterin zum Essen eingeladen. Sie lachte geschmeichelt und lehnte ab. Schade. Ich hätte ihr von den Frauen der fünfziger Jahre erzählen können. Neulich hat sie mir zur Begrüßung die Hand gegeben. Sie lag wie eine Feder in meiner, und ich hatte ein Gefühl, als ertränke ich einen Moment lang in ihren Augen. Wahrscheinlich gibt es nichts, was dieses Mädchen über die Frauen in den fünfziger Jahren erfahren könnte. Nichts, was sie selbst nicht schon wüßte.

Die Sonne wärmte noch. Ich ließ den Mantel offen und bin bis in den frühen Nachmittag im Park umhergegangen. Ich sah meine Wohnung aus verschiedenen Blickwinkeln: durch Bäume, vom Hügel aus vor der Kulisse der Innenstadt, hinter der weiten Rasenfläche. Und ich sah etwas ganz Unglaubliches.

Die Krähen, die den Park im Winter massenhaft beleben, kommen aus Osteuropa, wo es ihnen spätestens im Oktober zu kalt wird. Im Morgengrauen freue ich mich an ihnen, wenn sie von ihren Schlafbäumen auf meine Fenster zu und über das Haus hinweg in die Innenstadt fliegen, wo es vielleicht wärmer ist und jedenfalls mehr zu fressen gibt als hier. Im Herbst bewundere ich, wie sie Walnüsse knacken, indem sie, einen der grünen Bälle im Schnabel, hochfliegen und ihn auf die Straße vor dem Haus fallen lassen. Aber noch nie habe ich ihre Ankunft im Winterquartier beobachtet. Bis heute nachmittag. Der Himmel über einer großen Lichtung im Park war erfüllt von Tausenden umeinander kreisender schwarzer Vögel. Die obersten waren kleine Punkte in den Wolken, die untersten schon im Begriff, sich auf den Bäumen um mich niederzulassen. Ihr Schreien erfüllte die Gegend weithin. Sie sind aus dem Innern des Kontinents hierhergekommen, über die Ostsee, die europäischen Küsten entlang, wie ihre Vorfahren. Seit Jahrtausenden, vielleicht seit Millionen von Jahren verbringen sie den Winter in diesem Park oder in den Wäldern und Sümpfen, die hier waren, bevor er angelegt worden ist.

Sie freuten sich noch einmal aneinander und daran, daß sie am Leben waren, bevor sie sich über die Grünflächen der Stadt verbreiteten. Ich stand staunend unter ihrem schwarzen Kreisen und Schreien. Viele werden unterwegs vor Erschöpfung aus der Luft gefallen sein. Die jetzt hier angekommen waren, verkörperten den Zusammenhang zwischen unserer Zeit und allen Vergangenheiten, seit Krähen in diesen Landstrich ziehen.

Ich stand und sah zu den Krähen hinauf. Das Schweben, Schreien und Kreisen wurde dichter. Aus Nordosten flogen immer wieder neue Gruppen und Schwärme in großer Höhe herzu und kreiselten langsam zu mir herunter. Diese Vögel sind die poetische Verschwörung kontinentweit voneinander entfernter Gegenden. Ein einziges, aus vielen Individuen zusammengesetztes Wesen, das mehr über die Welt weiß, als ich je erfahren werde.

Ich dachte an Bettina und an den Anfang unserer Ehe. An ihre rührende Entschlossenheit, alles richtig zu machen. An die Rosinenkuchen, die sie mir backte, damit ich während meiner einsamen morgendlichen Arbeitsstunden etwas zum Frühstück hatte. Und ich dachte daran, wie wir dann, viele Jahre später, trotzdem gescheitert sind. Ich dachte an unseren gemeinsamen Lieblingsfilm. »Die Vögel«. Tippi Hedren war Bettinas großes modisches Vorbild. Mich dagegen faszinierte die geisterhafte Ahnung des kommenden Unheils. Das Dunkel, das sich in den ersten zwanzig Minuten dieses großen Naturhorrorfilms so unaufhaltsam zusammenzieht. Die meisten Filme Hitchcocks sind Meisterwerke, man weiß es. Aber nichts beispielsweise in »Vertigo« oder »Der unsichtbare Dritte« rührt und erregt mich heute noch so wie der plötzlich mit der Handkamera gefilmte rote Schuppen, um den Tippi herumgeht, nachdem sie über jene Lagune gerudert ist; bevor das Grauen sich zeigt.

15.

Aber es sind wieder drei Wochen vergangen, ohne daß ich meine Notizen weiter vorangetrieben hätte. Bettina hat ein paarmal angerufen. Sie schlug sogar vor, mich einmal die drei Autostunden zu unserem alten Haus zu fahren, bevor es mit dem Abbruch ernst wird. Aber ich will nicht. Was könnte ich dort sehen, das ich nachts in meinen Träumen nicht sehe?

Es ist mir nicht gelungen, da weiterzuschreiben, wo ich den Stolperstein meines Lebens mit der Fußspitze schon berührt zu haben schien. Ich habe mich treiben lassen, wie ich es mir heute leisten kann – vor meinem Bücherregal, in den Antiquariaten, Straßen und Cafés. Radfahren konnte man kaum mehr. Es regnete viel und wurde kälter. Manchmal sah ich morgens im Weiß des Nebels die Bäume jenseits der Straße nicht mehr. Dann war es halbe Tage lang wieder warm und klar, und ich wanderte im Park umher und raschelte mit meinen Füßen im Laub, als sei ich noch ein kleiner Junge.

Was ich in gewisser Weise auch wirklich wieder bin; meine Lebensalter versammeln sich um mich. Sie sind mir tagelang oft klarer gegenwärtig als das angenehme, aber merkwürdig leere Leben, das ich in der Wirklichkeit führe. Ein Traum hat mich heute morgen wieder an meine Aufzeichnungen getrieben. Es ist noch dunkel. Fünf Uhr morgens im November. Ich habe von Margot geträumt, dem kleinen Mädchen, mit dem ich damals so eng befreundet gewesen bin.

Merkwürdigerweise war sie schon ein Teenager in

meinem Traum, fünf oder sechs Jahre älter, als ich sie in Erinnerung haben kann. Was ein bißchen unheimlich ist. Sie saß an einem Cafétisch vor einer Flußlandschaft. Sie hatte einen bloßen Arm auf das Geländer hinter ihr gestützt, sah mich auf die herausfordernde Art an, die sie schon als Kind hatte – und war eine junge Frau.

Es ist mir ein bißchen unangenehm, es so hinzuschreiben: aber ich wachte mit einer prächtigen Erektion auf. Etwas, das mir seit Jahren nicht mehr passiert ist. Die Margot meines Traums hatte einen wundervollen Busen bekommen, und ihre hochgesteckte Frisur hatte etwas Etruskisch-Würdiges, etwas zwischen Kind und Matrone, das im Schönheitsideal der dreißiger Jahre überhaupt enthalten zu sein scheint. Auch von meinen englischen Freundinnen, auch von Ursula konnte man sich vorstellen, daß sie nach einer Liebesnacht aufstanden, sich eine dieser Frisuren machten und in den Krieg zogen. Oder in den Wiederaufbau. Oder zur Sitzung irgendeines sozialistischen Komitees. Den Frauen der dreißiger Jahre schon sah man an, daß ihre Männer fallen würden. Sie hatten nichts von der Süße und Zerbrechlichkeit der jungen Frauen nach dem Krieg, nichts von der Süße, der exquisiten, anstrengenden Zerbrechlichkeit meiner Bettina.

Aber ich will nicht über Ursula oder Bettina nachdenken. Auf Umwege will ich mich heute morgen nicht einlassen. Ich will tun, was offenbar unvermeidlich ist. Ich will mich an die Selbstquälerei eines dünnen, überforderten kleinen Jungen in der Dachkammer einer Villa der frühen dreißiger Jahre erinnern. Er hatte seinem

Teufel Paroli geboten. Er hatte einen Entschluß gefaßt. Ich wollte, so klein und schwach ich war, die Gnade herbeizwingen, die ich verloren zu haben glaubte. Ich wollte nichts unversucht lassen. Ich sah mich einem bösen Gott gegenüber.

Von der masochistischen Standhaftigkeit, dem geilen Bekennermut der frühen Märtyrer den Löwen und den kaiserlichen Vernehmungsbeamten gegenüber hatte ich im Religionsunterricht gehört, mit dem eigenartigen Grusel, den die christlichen Bräuche und Überlieferungen immer in mir ausgelöst haben. In unserem »Meyer« mit dem goldgeprägten schwarzroten Rücken las ich jetzt von den Fastenbräuchen und Askesemethoden der Anachoreten und Einsiedler. Auch meine Mutter befragte ich über derlei.

Die Arme gab bereitwillig Auskunft: über Simon Stylites beispielsweise, der jahrzehntelang in der Wüste auf der Plattform einer Säule ausgeharrt hatte. Sie behandelte solche Dinge als abschreckendes Beispiel für die Gefahren übermäßiger religiöser Grübelei. Beim Einschlafen in meinem warmen Bett versetzte ich mich in die Lage des Säulenheiligen. Ich fühlte die tödliche Hitze des Tages nach dem Abendrot in die Kälte der Nacht übergehen (die Stadt lag hinter dem Horizont, alle Hilfe der Menschen war so weit entfernt wie Gott). Ich führte mir Simons Durst vor Augen, die Kälte, den Kampf gegen den Schlaf und gegen die Gefahr des Herabfallens, die Einsamkeit.

Zuerst verzichtete ich auf meine Bettdecke. Schon in der zweiten Nacht nach meinem Beschluß ließ ich das

Dachstubenfenster offen. Aprilnächte können noch Frost bringen. Und bevor es Mai wurde, hatte ich ein halbes Dutzend Nächte zusammengekauert auf einem kleinen Dachvorsprung verbracht, gesichert, falls ich einschlafen und abrutschen sollte, nur noch von der Regenrinne. Aber ich schlief nicht ein in diesen Nächten. Wenn ich gegen Morgen ein- oder zweimal im Hocken zu träumen begann, trieb mich ein Rest gesunden Menschenverstandes ins Bett zurück – nicht ohne daß ich dieses Versagen als Beweis meiner Gottferne aufgefaßt und zum Anlaß verschärfter Buße in der kommenden Nacht genommen hätte.

Statt zu schlafen, betete ich das Vaterunser. Mein Ziel war, jedes Wort mit dem Äußersten an Andacht und Bedeutungsfülle aufzuladen. Hatte ich es daran nur im geringsten fehlen lassen, mußte ich von vorn beginnen. Stundenlang bin ich über die ersten beiden Sätze nicht hinausgekommen. Bei der Bitte um die Namensheiligung zum Beispiel war die Szene im Anstaltspissoir in jedem Detail, in jeder Nuance der Verworfenheit zu vergegenwärtigen. Die Schwierigkeit bestand natürlich darin, den Wortlaut jener Lästerung dabei zu vermeiden. Unnötig zu betonen, daß es fast nie gelang. Der Grund meiner Verdammnis verstärkte seine Kraft. Es war unmöglich, gegen diesen Schachspieler zu gewinnen.

Ich erkältete mich und mußte meine Bußübungen eine Woche lang unterbrechen. Nur die einsetzende Wärme des Frühsommers vielleicht hat verhindert, daß ich mir etwas Ernstes geholt habe. Es war grauenvoll dort auf dem Fenstersims. Und doch kann ich mich daran erinnern, wie still die Nacht war, wie frühlingshaft der noch kalte und stürmische Wind oft schon roch, wenn er in die Zweige der Birke fuhr, wie tröstlich die erste Helligkeit auf den Höhen in meine Verzweiflung schien. Die Natur hat mich auf dem Dach damals getröstet. Was ich für Gott hielt, antwortete auf meine Gebete kein einziges Mal.

16.

Es ist schon wieder neun Uhr abends. Ich habe mir noch eine Pause gegönnt, einen weiteren Umweg. Ich habe einen langen Spaziergang gemacht. Und Bettina war hier. Was ihr Mann wohl dazu sagt, daß sie sich so um mich kümmert in der letzten Zeit? Aber das müssen schon die beiden miteinander abmachen. Mir jedenfalls hat es gutgetan, daß Bettina mein Erinnern und Grübeln heute unterbrochen hat.

Ihre Art, älter zu werden, gefällt mir. Sie trug ein braunes Kostüm, zu dem ihr Lippenstift paßte. Sie hat charmanterweise immer noch nicht aufgehört zu rauchen. Die senkrechten Fältchen auf ihrer Oberlippe, die mich schon vor fünfzehn Jahren bezaubert haben, sind tiefer geworden. Man kann schon ahnen, auf welche Art sie als alte Frau schön sein wird. Bettina war so verletzlich, als ich sie kennenlernte, so bemüht um die Rolle der perfekten Ehefrau eines erfolgreichen Mannes in den besten Jahren. Und ich kann nicht leugnen, daß es einen gewissen Reiz hat, ein bißchen in seine geschiedene Frau verliebt zu sein.

Tommy, erzählte sie, will Weihnachten nicht zu ihr kommen, sondern bei mir feiern – mit seiner neuen Freundin, einer gewissen Chantal. Er traue sich aber nicht so recht, mich schon wieder heimzusuchen, nachdem er mit Brigitte schon zu Ostern vierzehn Tage hier war. Was für ein Unsinn. Sofort als Bettina gegangen war, rief ich ihn an und lud ihn in aller Form ein. Es war schön, mit meinem Sohn zu reden, obwohl ich ihn bei etwas ziemlich Wichtigem unterbrochen zu haben schien. »C'est qui?« flüsterte eine weibliche Stimme etwas ungeduldig im Hintergrund. »Psst, moment, c'est mon père, chérie« antwortete er, lachte verlegen und fuhr besonders angelegentlich und ausführlich fort, sich nach meinen Gesundheitszustand zu erkundigen. Mein lieber, braver Junge. Es ist ihm ein bißchen peinlich, daß er seine Freundinnen öfter wechselt als die Hemden. Und Brigitte hatte mir im Frühling so gut gefallen.

Jetzt habe ich mir eine Flasche von dem gleichen Merlot aufgemacht wie vor drei Wochen und ein bißchen in Gibbons »Verfall und Untergang des Römischen Reiches« die Passagen über das frühe mönchische Leben nachgelesen: über »den wütenden Enthusiasmus, der den Menschen für einen Verbrecher und Gott für einen Tyrannen hielt«. Die asketische Frömmigkeit der ersten christlichen Jahrhunderte kann man wahrscheinlich als eine Art Überkompensation verstehen. Sie blühte in den afrikanischen, schottischen, gallischen Randgebieten: bei den Barbaren, denen das Christentum Möglichkeiten religiöser Virtuosität eröffnet hat, die ihnen der Reichskult verweigerte. Die Askese Simons oder der Mönche von Banchor war unter anderem auch eine Art selbstzerstörerisch-aggressives Dazugehörenwollen. Während meines langen Lebens ist es mir oft gelungen, das Fürchterliche in einen Bildungsgegenstand zu verwandeln. Aber das Bild des kleinen Jungen auf seinem Dach in der Vorfrühlingsnacht geht auch im tröstlichen Dahinfließen der Perioden Gibbons nicht unter. Nicht nur weil ich selber einmal dieser kleine Junge war.

An dieser Stelle, scheint mir, sollte ich nun doch etwas ausführlicher von Margot erzählen.

Sie war die Tochter eines städtischen Finanzbeamten, dessen Haus in derselben Straße wie unseres stand; ein kräftiges und unternehmungslustiges Mädchen, mit dem ich seit meiner frühen Kindheit schon immer viel gespielt hatte. Bevor ich durch die Berührung im Herbst völlig auf mich zurückgeworfen wurde, hatte ich wohl ein Jahr lang fast mit keinem anderen Kind Umgang als mit Margot. Wir verbrachten Nachmittage bei mir oben. Ich las ihr Märchen vor, die ich selbst geschrieben hatte und in denen sie, ohne es zu wissen, als Prinzessin, Königin und Fee gleichzeitig vorkam.

Oder vielleicht hat sie es doch gewußt. Jedenfalls konnte sie von meinen Märchen nicht genug bekommen. Neue bestellte sie oft mit genauen Angaben, worum es in ihnen gehen sollte. Handlungsverläufe, in denen Prinzessinnen allzu duldend, demütig und schön aufzutreten hatten, pflegte sie unnachgiebig zu kritisieren; auch bestand sie dann auf Nachbesserung. Ihr Lieblingsstück war die lange, verschlungene, durch Einschübe bis zum Unsinn aufgeblähte Odyssee einer Meereskönigin durch ungezählte Königreiche und Bewährungsproben, die sämtlich mit der Besiegung eines uralten und grundbösen Zauberers zu tun hatten.

Nach dem Ausbruch meiner merkwürdigen Krankheit und nachdem ich wieder zu Hause war, hatte Margot mich noch einige Male in meiner Dachkammer besucht, und wahrscheinlich bin auch ich noch drüben in ihrem etwas weiter unten am Hang stehenden Haus gewesen. Dort gab es gleich neben dem Eingang einen Abort ohne Wasserspülung, was damals zwar in vielen Haushalten noch üblich gewesen sein muß, mich aber sehr merkwürdig und exotisch anmutete. Unser Verhältnis freilich hatte sich nicht nur deshalb abgekühlt, weil mir nicht mehr nach märchenhaften Geschichten zumute war.

Margots Vater war der erste Nazi, den ich bewußt als solchen wahrgenommen habe: einfach deshalb, weil er an Sonntagen im Hemd, der Kappe, den Breeches und Stiefeln der SA herumzulaufen pflegte, die braune Krawatte stramm zwischen Koppelschloß und Bauchwölbung geklemmt. Mich faszinierte sein Aufzug. Es hatte etwas von Fasching für Erwachsene. Übrigens grüßte er meinen Vater und meine Mutter freundlich und unterhielt sich mit ihnen wie ein normaler Nachbar, wenn er sie zufällig auf der Straße traf. Manchmal ließ er mich seine Uniformmütze aufsetzen, wenn ich mit Margot vom Spielen zu ihr nach Hause kam. Margots Mutter oder das Dienstmädchen pflegte uns in der Küche etwas zu trinken zu machen, und es kann gut sein, daß ich damals, eine SA-Kappe auf dem Kopf, am Küchentisch eines Nazi gesessen bin und eine Tasse Kakao getrunken habe, während sich das Unheil, das mein Leben bestimmen sollte, um mich zusammenzog, ohne daß ich, Margot oder ihr Vater etwas davon ahnten.

Ich mochte Margots Vater. Er war ein weicher, phantasievoller Mann, und er schien Kinder gern zu haben. Aber er war sehr jähzornig – offenbar je älter seine Tochter wurde, desto unkontrollierbarer. Ich habe Margot mehr als einmal mit schrecklichen Blutergüssen auf ihren Oberarmen gesehen. Nachdem er sie geschlagen hatte, pflegte es ihm leid zu tun und er brachte ihr Bücher, Süßigkeiten, eine Puppe aus der Stadt mit. In dem Sommer, bevor jene Macht an mich herantrat und ich in die Anstalt kam, nahmen seine Ausfälle zu. Margot erzählte mir eines Tages, er habe seinen Briefbeschwerer durchs Eßzimmerfenster in den Garten hinausgeworfen, als ihre Mutter und er sich über das Haushaltsgeld stritten.

Kinder sind empfänglich für die Stimmungen eines Gemeinwesens. Ich merkte damals nicht nur, daß Margot öfter als früher verweinte Augen und blaugefleckte Oberschenkel hatte. Auch die Art, wie ihr Vater meine Eltern grüßte, wurde reservierter. Margot durfte manchmal nicht mehr mit mir nach draußen. Eine merkwürdig unterdrückte Gereiztheit gegen uns beide war zu spüren, wenn Margot mich, am Abortgeruch vorbei, mit in die Küche ihres Elternhauses schleppte.

Und die Sache mit Pitze passierte.

Margot und ich gingen in dieselbe Schule, aber sie war eine Klasse unter mir. Wie die meisten schüchternen und nicht besonders starken Kinder hatte auch ich es auf dem Weg zu dem wilhelminischen Backsteingebäude und in den großen Pausen auf dem Schulhof mit einem besonders auf mich eingeschworenen Peiniger zu tun. Das mir bestimmte, dicke, hinterhältige und ziemlich kräftige Kind hieß Peter und wurde Pitze genannt. Die dumpfe Ahnung, daß ihm seine Dummheit nicht nur in der Schule, sondern auch im Leben eine Menge langweiliger und schlechtbezahlter Arbeit einbringen würde, machte Pitze früh bitter – besonders gegen mich.

Er pflegte mir auf dem Schulweg aufzulauern, meistens am Fuß der Staffel, die von der Unterstadt in unsere bessere Gegend hinaufführte. Er wartete auf dem untersten Absatz auf mich und knuffte mich so lange herum, bis ich ihm mein Pausenbrot und vor allem die stanniolpapierumwickelten Schokoladenstücke abtrat, die unser Mädchen den Pausenpäckchen manchmal beilegte. Der Mundraub an sich schmerzte weniger als die Demütigung und die tagelange Angst vor diesen Anschlägen, die von blutrünstigen Drohungen darüber begleitet waren, was er mir als nächstes antun würde.

Ich wußte, daß unsere Väter in derselben Fabrik arbeiteten, und ich könnte mir denken, daß Pitze später Gelegenheit gefunden hat, seinen Klassenkampf auf erwachsener Ebene fortzusetzen. Einstweilen mußte er sich damit begnügen, auf dem Schulweg über das Herrensöhnchen herzufallen und sich an seiner Angst zu weiden. In der Pause fraß er mir demonstrativ mampfend mein Brot vor und ließ sich meine Schokolade auf der Zunge zergehen. Er hatte mich eines Morgens wieder einmal so weit, daß ich ihm nicht nur mein Brot, sondern auch die Reste meiner Selbstachtung abgetreten hatte, und schickte sich eben an, in mein sauber mit den Hausaufgaben beschriftetes Rechenheft genüßlich hineinzuspucken, als Margot auf dem untersten Absatz der Schulwegstaffel erschien.

Ich sah sie noch vor Pitze und bedeutete ihr mit verzweifelten Gesten, schnell wegzulaufen. Sie beachtete mich gar nicht. Als gebe es hier nichts zu überlegen, nahm dieses gerade einmal zwölf Jahre alte Mädchen Anlauf und brachte den für mich unüberwindlichen Jungen mit einem Schubs von hinten derart aus dem Gleichgewicht, daß er über das Treppengeländer fiel und sich in einem unkrautüberwachsenen Regenabfluß dahinter wiederfand.

Er sah uns zu zweit über ihm stehen, und obwohl wir wahrscheinlich eher erschrocken als bedrohlich ausgesehen haben werden, murmelte er nur etwas von künftiger, schrecklicher Vergeltung, rieb sich eine Beule, die er sich bei seinem Salto in den Graben zugezogen hatte, klopfte sich den Dreck von den Knien und lief, fluchtartig beschleunigt, treppab. Margot starrte mich schwer atmend an. »Warum läßt du dir das gefallen, du Feigling«, sagte sie. Ich schämte mich. Als ich später in der Anstaltstoilette jenen Beschluß faßte, könnte der Gesichtsausdruck meiner empörten Retterin das Leitbild gewesen sein.

Und trotzdem ist unsere Freundschaft zu Ende gewesen, als ich aus der Universitätsstadt zurückkehrte. Wie gesagt: Margot war noch ein paarmal bei mir und ich auch noch drüben. Aber ich merkte, daß wir nicht mehr zusammengehörten. In diesem Winter gingen wir nicht mehr in unser Baumversteck. Und im nächsten Frühjahr hatten wir vergessen, daß wir eins gehabt hatten. Pitze hat mich nie mehr angefaßt, auch kaum angesehen. Aber als mich wenig später andere, viel größere Jungs nach der Schule in einem Hauseingang gezwungen haben, die Hose herunterzulassen, um ihnen meinen »Judenpimmel« zu zeigen, ging Margot vorbei und schaute in eine andere Richtung. Sie sah aus, als würde sie gleich zu weinen anfangen. Ich habe sie nicht gerufen.

17.

Mitternacht ist vorüber. Und jetzt muß ich die Sache mit dem Hühnerbein erzählen. Je eher ich es hinter mir habe, desto besser. Es muß ja sein, scheint es, daß ich mich auch daran noch in allen Einzelheiten erinnere.

Ich aß nicht mehr regelmäßig, als ich Margot immer seltener und dann gar nicht mehr sah und in meiner Dachkammer beschlossen hatte, den Gott, der mich verstoßen hatte, durch die Anstrengung meiner Buße zurückzugewinnen. Meine Lieblingsspeisen ließ ich stehen. Wenn mich das Dienstmädchen fragte, was ich gerne essen würde, nannte ich Gerichte, die ich verabscheute, und aß mich an denen leidlich satt, wenn ich es nicht vermeiden konnte, überhaupt etwas zu essen.

Besonders habe ich mich mein Leben lang davor geekelt, ganze Hühnerkörper zu essen, die Innereien genießerisch zu benennen, den Bürzel und den Hals als besondere Delikatessen aus dem goldbraun gebackenen Kadaver herauszuziehen, die Knochen abzunagen. Dagegen konnte sich meine Mutter an diesem damals noch nicht ganz alltäglichen Essen nicht genug gütlich tun, und meine Eltern, die ich doch liebte, kamen mir beim sonntäglichen Hühneressen wie Kannibalen vor, die ein Kind verschlangen, während ich, schuldbewußt mit dem Brechreiz kämpfend, mir immer nur ein kleines Stück Brustfleisch vorlegen ließ und hoffte, daß ich bald wieder aufstehen und an die frische Luft würde gehen dürfen.

An den ersten beiden Wochentagen dann gab es oft noch Hühnersuppe (für deren Herstellung es notwendig war, das Skelett gründlich auszukochen) oder kalte Hühnerflügel. Ich pflegte nun, um meine Bußübungen voranzutreiben, mir so oft wie möglich ein Huhn zu wünschen. Außerdem bat ich mir besonders ekelhafte Teile des Vogels aus, an denen ich zur anerkennenden Verwunderung meiner Eltern würgend kaute, betont heiter dreinsah und mir den Ekel verbiß. Man lobte, wie tüchtig ich in letzter Zeit aß. An einem Montag war mein Vater auf einer Dienstreise, meine Mutter bei Freundinnen in der Stadt. Das Dienstmädchen brachte mir mein Mittagessen aufs Zimmer. Es gab eine große, vom Vortag übriggebliebene Hühnerkeule.

Ich hatte zuvor schon mehrmals Essen, das mir auf mein Zimmer gebracht worden war, stehenlassen und erst aufgegessen, wenn es unansehnlich oder schon fast verdorben war (auch hierin dem Styliten nacheifernd).

Als unser Mädchen mit dem Tablett hereinkam, auf dem das entsetzlich große Hühnerglied obszön prangte, wußte ich, daß mir das endgültige Hilfsmittel frommer Selbstmarter präsentiert wurde. Ich wickelte, sobald sie die Tür hinter sich geschlossen hatte, den braunfettigen, um den herausragenden Knochen bläulich schimmernden Greuel in ein Stück Zeitungspapier, betrat von meiner Dachstube aus durch eine Tapetentür den Speicher, kletterte auf einen verstaubten Stuhl und klemmte das Hühnerbein in eine Balkengabelung.

Ich sah mich um. Es war schon Mai. Die Sonne fiel durch offenstehende Dachluken in die staubige Luft. Es roch nach Holz und Papier. Ein mit Tüchern verhängtes Sofa stand im Halbdunkel, Bücherkisten, zerbrochene Stühle, Garderobenständer und ein Waschtisch aus Email. Ich öffnete eines der Fenster und sah auf die blühenden Grundstücke oberhalb des Hauses. Dort hatten Margot und ich im letzten Jahr unseren Ausguck in einem Walnußbaum gehabt. Da hätte ich jetzt sein müssen, wenn es in meinem Leben noch mit rechten Dingen zugegangen wäre: in der Sonne, im Blütenduft der Apfelbäume, auf dem Gras der Wiese am Hang. Es war ein Moment des Entsetzens über mich selbst, darüber, was aus mir geworden war. Ich ging in meine Dachkammer zurück und erlegte mir auf, nicht mehr aus dem Fenster zu sehen. Die Hühnerkeule vergaß ich.

18.

Gerüche treffen uns tief in unserem Inneren. Sie berühren uns da, wo sich der Teufel bemerkbar macht, die Hände der Engel. Wahrscheinlich gibt es eine Art »Windung der Boten« in unserem Gehirn. In der katholischen Lehre bezeichnet das Wort »Limbus« eine Gegend am Rand der Ewigkeit. Dort warten die ungetauft gestorbenen Kinder und die heiligen Seelen des alten Testaments auf ihre Auferstehung am letzten Tag. Aus dem limbischen System, der archaischsten Zone unseres Gehirns kommend, suchen uns die Gefühle heim, die wir uns am wenigsten erklären und denen wir am wenigsten widerstehen können.

Ich weiß nicht, ob die katholischen Theologen auch die Teufel katalogisiert haben, die mit den Scharen der limbischen Gespenster über die Erde und durch unsere Tage reisen, um uns zu entsetzen und zu trösten. Den Hirnphysiologen sind sie bestimmt entgangen. »Es riecht auf der Treppe etwas merkwürdig, Heinrich«, sagte das Dienstmädchen jedenfalls einige Tage später, als sie mit dem Frühstückstablett in mein Zimmer trat. Man sagt, der Teufel rieche nach Schwefel. Meiner riecht nach verfaultem Hühnerfleisch. Die Ironie dieses Satzes ist reine Notwehr. Als unser Mädchen den Getreidekaffee und das Hörnchen auf dem Tisch vor dem Fenster abgestellt hatte, trat ich vor die Tür, wo der Geruch stärker war, und betrat den Speicher. Dort war der Gestank zu sich selbst gekommen. Die Hühnerkeule in der Balkengabelung war zum untersten Kreis einer Geruchshölle geworden, die unmittelbar mit elementaren Schichten meines Wesens kommunizierte.

Ich ging in den dunklen Dachboden hinein. Es war, als könnte ich, was im Hintergrund des staubigen Raums in Zeitungspapier gewickelt in einem Balkenkreuz klemmte, schon sehen, ohne das Paket zu öffnen. Als sei es immer schon in mir gewesen, zusammen mit dem Gestank des Todes. Als Tommy klein war, ging ich am Wochenende manchmal in den Zoo mit ihm. Damals begriff ich, daß man den Tod riechen kann. Man muß dazu nur aus der Behausung großer Pflanzenfresser ins Raubtierhaus wechseln. Giraffenkot riecht wie Pferdeäpfel. Der Geruch, der bei den Löwen in der Luft liegt, läßt etwas in uns erstarren und gleich danach in blinder Flucht lospreschen. Es ist der Geruch unseres eigenen Todes, der Geruch der Angst, der Verwesung, des Nichts. Tommy pflegte das Stinken der Löwen, wie überhaupt das meiste in seinem Leben, mit Humor zu nehmen. Aber ich konnte mich, so interessiert, sorglos und heiter ich die Tiger, Löwen und Pumas dann auch betrachtete, nie ganz von dem Entsetzen freimachen, das aus einer jenseitigen Gegend in meinem Innern emporstieg.

Ich stand auf dem Speicher meines Elternhauses, umhüllt vom Gestank des Todes, nahm die Hühnerkeule herunter, die ganz weich geworden war, und schlug das Zeitungspapier auseinander. Es hat lange gedauert, bis ich den Anblick, der sich mir bot, in etwas anderes verwandeln konnte. Die Haut des Hühnerbeins war aufgerissen. Die Fasern und Muskeln waren mit wässrigem Schleim bedeckt. Weiße, sehr sauber und glänzend aussehende Maden von der Länge meines Daumennagels krampften sich im Licht zusammen. Es sah aus, als sei das Hühnerbein lebendig geworden. Ich ließ es fallen und erreichte die Dachluke gerade noch, bevor sich mein Magen nach außen stülpte und seinen spärlichen Inhalt auf die Schindeln ergoß. Meine tränenden Augen sahen nichts von der Landschaft. Ich würgte, keuchte, spie und fluchte, sobald ich zu Atem gekommen war, als hätte ich von den frommen Geboten, die mich nun schon monatelang in Furcht und Schrecken hielten, nie etwas gehört.

Mit einer Entschlußkraft, die ich lang nicht mehr gezeigt hatte, wickelte ich das Grausen wieder ein. Zwei der sich windenden weißen Larven fielen aus dem Papier und krümmten sich auf dem staubigen Holzboden. Ich lief in den Garten. Neben der Regentonne standen die Gerätschaften unseres Gärtners. Einen Spaten in der einen Hand, das nässende, stinkende Bündel in der anderen, stieg ich auf Tuffsteinstufen durch Johannisbeerbüsche und Apfelbäume den Steilhang unseres Gartens hinauf, erreichte durch eine Hinterpforte die unbebauten Grundstücke und fand mich wieder unter dem Baum, in dem die vernachlässigten Reste unseres Kinderverstecks hingen.

Ich stieß den Spaten durch die Grasnarbe tief in den steinigen Boden. Der dünne, verängstigte und schlecht ernährte Junge, der ich war, hatte im Nu eine fast halbmetertiefe Grube ausgehoben, in die ich mein Paket warf und es mit Erde bedeckte. Als es verschwunden war, setzte ich mich keuchend ein paar Meter entfernt ins

Gras, sah über das Blühen ins Tal hinaus und begann zu weinen.

Ich weinte zum ersten Mal, seit meine Bußübungen begonnen hatten. Ich weinte über die ängstlichen Blicke, mit denen unser Dienstmädchen mich angesehen hatte, und über das unberührte Frühstück in meiner Dachstube. Ich weinte über die beiden weißen Maden im Dachbodenstaub und über die beiden Glühbirnen im Aufenthaltsraum der jugendpsychiatrischen Anstalt. Ich weinte über den kleinen Jungen, dem man ins Rückgrat gestochen hatte, und über meinen Vater, der abends nicht mehr kam, um mit mir Schach zu spielen.

Ich weinte über das Morgenrot, das sich mir auf dem Dach vor meinem Mansardenfenster gezeigt hatte. Ich weinte über den sonntäglichen Aufzug von Margots Vater und darüber, daß sie nicht mehr mit mir auf die Straße durfte. Ich weinte darüber, daß ich nicht mehr in die Schule ging, und über die Hilflosigkeit in Dr. Leuchtenbrinks Stimme. Ich weinte über den bösen alten Zauberer in Margots Märchen. Ich weinte über den englischen Akzent meiner Mutter. Ich weinte über Pitze und über sein Grinsen, wenn er mein Pausenbrot fraß. Ich weinte darüber, daß niemand sich erklären konnte, was mit mir los war und daß einem kleinen Jungen aufgebürdet war, die merkwürdigen und unheimlichen Veränderungen zu büßen, die sich damals mit uns allen ereigneten.

Ich weinte, als würde ich nie wieder aufhören können. Als mein Gesicht trocknete, hatten sich der Vormittag um mich, die Stadtlandschaft in der Tiefe, das Grün der

Bäume und das Weiß der Blüten verändert. Es lag ein Schimmer über der Welt, den ich noch nie gesehen hatte.

Nach dem Mittagessen wurde ich so müde, daß ich in meinen Kleidern einschlief. Ich verschlief einen Termin bei Dr. Leuchtenbrink und das Abendessen. Niemand weckte mich. In der Dämmerung wachte ich auf. Ich wußte, daß ich mich jetzt nicht mehr mit meiner Erlösung würde quälen können. Daß Gott mein Selbstopfer nicht annahm. Daß er, glaubte ich damals, mich nicht wollte. Ich zog mich zur Nacht um, trank in der Küche ein Glas Milch, legte mich wieder ins Bett und schlief bis zum nächsten Morgen. Zur Frühstückszeit meines Vaters ging ich hinunter und bat ihn, mich nächstens wieder zur Schule zu schicken.

19.

Eine besondere Helligkeit vor meinem Schlafzimmerfenster hat mich heute morgen geweckt – und die Stille, die sich mit dem ersten Schnee morgens über eine Stadt legt. Gedämpft hörte ich das Geräusch warmlaufender Autos, das Kratzen von Schneeschaufeln auf dem Trottoir. Als ich in meinem großen Zimmer die Vorhänge zurückzog, war die Welt verwandelt.

Wie lange bin ich gestern noch vor dem nächtlichen Fenster gesessen, den Laptop auf den Knien? Ich habe nicht mehr auf die Uhr geschaut. Ich habe zu Hause gefrühstückt und rauche eine meiner Romeo y Julietas. Ich glaube, ich habe fast eine Stunde völlig abwesend zum Fenster hinausgeschaut. Das schwarzweiße Gewirr der Zweige und Äste im Park ist so überscharf gezeichnet wie nur am Tag des ersten Schnees. Die gemeinsame Grazie aller Lebewesen, die nah beieinander wachsen, wird sichtbar in diesen Linien.

Sie sind ein Zeichen. Niemand weiß wofür. Und schließlich habe ich deshalb in meiner Ausgabe des Ammian jene Bemerkungen über die Wahrsagetechnik im einundzwanzigsten Buch nachgesehen. Die Sonne, schreibt der große Feldherr und Historiker dort, sei die Seele des Universums und sende den Menschen ihre Gedanken in Gestalt von Funken. Je stärker diese Beseelung und Befeuerung werde, desto deutlicher offenbare sich ihnen die Zukunft, die außerdem in »lauten Stimmen« sich kundtue, in Blitz, Donner und »im Schimmer des Sternenlichts« und natürlich in Träumen oder im Flug der Vögel.

Mir freilich offenbart sich in solchen Zeichen bloß noch die Vergangenheit. Vermutlich weil ich nicht mehr viel Zukunft habe. Morgensonne liegt über dem Schnee. Das Licht wirft scharf umrissene dunkelblaue Schatten. In dieser Beleuchtung kamen mir die Notizen der letzten Nacht, als ich sie eben durchging, hysterisch und fremd vor. Maden in einem Hühnerbein. Ein überdrehtes Kind und seine religiösen Wahnvorstellungen. Und doch war ich den Tränen nahe, als ich die Abschnitte gerade noch einmal überlas. Es sind die abseitigen Ereignisse, in denen ich den Schlüssel zu meinem Leben finde. Was ich erlebt habe, die Figuren und Vorkommnisse der letzten achtzig Jahre: sie bewegen sich wie Figuren einer mittelalterlichen Rathausuhr um ein vergessenes Kinderentsetzen aus den frühen dreißiger Jahren. Der nur für mich bestimmte Teufel taucht in regelmäßigen Abständen auf in ihrem Tanz.

Ich habe mir die warmen Stiefel angezogen, mit denen ich schon durch die Rocky Mountains gewandert bin. Sie haben mir auf Wanderungen durch den Harz gute Dienste geleistet, vor zehn Jahren, als ich noch zu mehr in der Lage war als zu einem langsamen Spaziergang im Park. Ich hätte diese Zigarre vorhin nicht rauchen sollen. Ich war noch kurzatmiger als sonst, und hinter meinem Brustbein zog sich ein Unbehagen zusammen, das ich noch nie gespürt habe. Aber die Schneeluft hat mein Gesicht gerötet, die Krähen stolzierten blauschwarz glänzend über die verwandelten Fluren, und aus den Bäumen fielen dicke Polster schmelzenden Schnees.

Ich will heute früh zu Bett. Die Abendnachrichten, ein Bier und ein Sandwich vielleicht. Das Gehen und die Kälte haben mich müde gemacht. Draußen ist es wieder dunkel. Ich weiß noch, wie mich die früh anbrechenden Winternächte als Kind trösteten, wenn ich vom Schlittenfahren kam und mein Gesicht von der frischen Luft brannte. Die Nacht schien mir alle Gegenden der Welt miteinander zu verbinden, so wie die gelb erleuchteten Züge, die in meinem Bilderbuch durch die Dunkelheit fuhren. Ich will in meinem Bett liegen, als sei ich wieder klein. Als gäbe es keine unbestimmten Mißempfindungen hinter meinem Brustbein. Als gäbe es nur die verschneite Nacht meiner Kinderbücher. Und in ihr Züge, in denen die Menschen zueinander reisen, geborgen im heimatlichen Licht der Technik, der Vernunft, des Fortschritts. Im Licht einer Erlösungshoffnung, die meinen Vater ganz erfüllte und die heute niemand mehr hat.

20.

Der Schnee ist liegengeblieben im Park und auf den Straßen. Es ist mir jetzt meistens zu mühsam auszugehen. Während die hellen Tage und Nächte vor meinem Fenster dämmern und vergehen, merke ich, wie erschöpft ich bin. Auch diese Aufzeichnungen, scheint es, haben mich sehr müde gemacht. So müde, wie ich offenbar war, nachdem ich das Hühnerbein und die Hoffnung auf Gott begraben hatte. Die wissenschaftliche Einstellung meines Vaters auch zu den Dingen, die ihn persönlich am tiefsten angingen, hat eine Beschreibung meines Seelenzustands im Sommer und Herbst 1930 auf mich kommen lassen. In den Unterlagen meines Vaters habe ich nach seinem Tod ein Schriftstück gefunden, das dem glühenden jungen Adepten alles Britischen damals so peinlich war, daß die Existenz dieser Notiz mir erst heute überhaupt wieder eingefallen ist.

Es handelt sich um eine Art psychologischen Zustandsbericht, den mein Vater für Dr. Leuchtenbrink verfaßt hat, offensichtlich schon zu der Zeit, als ich meinen schlimmsten Bußübungen ein Ende gemacht hatte und, wie halbherzig und unkonzentriert auch immer, wieder zur Schule ging. Im Keller, wo meine abgelegten Papiere und Bücher in langen Reihen stehen, fand ich den Ordner heute morgen mit einem Griff – und das Schriftstück, das ich irgendwann in den frühen vierziger Jahren mit schamrotem Kopf gelesen und sofort wieder vergessen habe.

»Gefühlsverödung, keine Interessen mehr«, heißt es da, »alles gleichgültig. Veränderung der Beziehungen zur menschlichen Mitwelt. Große Menschenangst, fühlt sich ausgestoßen aus der Menschheit, sieht kein Ziel mehr vor sich, ambivalente Einstellung zu allem, weiß nicht, was er soll. Schwankt von einem Vorsatz zum entgegengesetzten, hat bei allem, was er tut, ein böses Gewissen. Stimmung depressiv, düster. Schulleistung weit unter den früheren Möglichkeiten. Offensichtlich Fortbestehen seiner Verdammtheitsphantasien, der Vorstellung, die Sünde wider den Heiligen Geist begangen zu haben usw. Gott werde ihn ›nicht wieder zu sich nehmen‹. Verschlossenheit den Eltern und Lehrern gegenüber, fast ängstliche Ablehnung besonders seines Vaters.«

Es ist nicht leicht, die gestochen scharfen Sütterlinzeilen in schwarzer Tinte zu entziffern. Gerade die letzte Bemerkung will mir fast das Herz brechen. Denn ich weiß, daß sie meinem Vater vor so langer Zeit das Herz gebrochen hat. Ich ging damals schon wieder zur Schule, soviel weiß ich. Eine Art Unsichtbarkeit umgab mich. Ich zählte nicht mehr. Nicht einmal Verachtung kam mir entgegen. Meine zeitweilig wiederkehrenden Abwesenheitszustände machten es mir schwer, dem bedeutungslos gewordenen Unterricht zu folgen. Ich fiel in minutenlange Absencen, aus denen mich ein sarkastisches »Katz, mach den Mund zu« des Lehrers und dann das herzhafte Gelächter der Klasse rissen.

Vor dem Fenster unseres Klassenzimmers stand ein Kastanienbaum. Als mich die Schule in höhnischer Gleichgültigkeit wieder aufnahm, waren seine weißen Blüten gerade verblüht. Die Früchte waren noch klein, als mein Vater schon beschlossen hatte, mich auf die Klosterschule zu schicken.

Denn er begriff, daß der Zustand, in dem der überstandene Angriff mich zurückgelassen hatte, der verschärften Stimmung in der Schulklasse, auf den Straßen, im ganzen Land nicht auf Dauer standhalten konnte. Verschüchterung machte den ehemaligen Primus zum Schuldeppen. Das von meinem Vater in Betracht genommene Reforminternat lag in der Schweiz und belebte die Steinflure, Zellen, Kreuzgänge und Gärten eines gotischen Klosters. Der Bodensee war nicht weit. Von fern sahen die Berge herein, als ich zu Beginn der großen Ferien 1930 mit meinem Vater zum ersten Mal dort war. Wir sprachen mit dem Direktor; wir nahmen die Schlafsäle und die Sporthalle in Augenschein, das Fotolabor, den Werkraum, die Treibhäuser; die Klosterkirche.

Während mein Vater allein mit dem Direktor redete, saß ich im Klosterhof. Sommerlicher Wind bewegte das Laub. Ein Mädchen mit offenem Haar fuhr, freundlich grüßend, auf einem Fahrrad an mir vorbei. Ich wußte plötzlich, daß ich hier glücklich sein würde. Ich ahnte, daß es mir (wenn ich einen so gotteslästerlichen Gedanken gegenwärtig auch noch nicht zu fassen wagte) in diesem Klosterhof in nicht allzu ferner Zukunft einmal völlig gleichgültig sein und daß ich keinen Gedanken mehr daran verschwenden würde, ob ich die Sünde wider den Heiligen Geist begangen hatte oder nicht. Sehr gern würde ich hier zur Schule gehen, sagte ich meinem Vater, der mit ernstem Gesicht wenig später aus dem Portal trat und sich zu mir setzte.

Freilich würde erst im nächsten Frühjahr ein Platz in meiner neuen Schule frei. Noch fast ein ganzes Schuljahr würde ich unter meinen Peinigern, in einem immer unheimlicher werdenden Land verbringen müssen. Der lichte Moment am Randes des Klosterhofs, der erleichterte Blick in die Zukunft, der sich mir dort aufgetan hatte, war schnell wieder vergessen. Wir fuhren in die Sommerfrische nach Bad Gastein. Meine Erschöpfung schien eher zu wachsen. Ich hatte Kopfweh und saß stundenlang unweit unseres Hotels an einem Bach, über den ein hölzerner Steg führte, unfähig, an etwas anderes zu denken als daran, daß es mir besser wäre, nicht geboren worden zu sein.

21.

Den ganzen Nachmittag über, während ich am letzten Abschnitt meiner Aufzeichnungen schrieb, hat es geschneit. Große Flocken sind langsam durch die fast windstille Luft gesegelt und haben die Bäume, Lichtungen, Bänke und Wege bedeckt. Eine Zeitlang stand ich am Fenster und sah einem vielleicht fünfjährigen Jungen und seinem Vater zu. Der Kleine schoß mit einem Spielzeuggewehr auf unsichtbare Tiere, die er hinter jedem schneebedeckten Busch entdeckte. Sein Vater bemühte sich tapfer, das imaginäre Jagdfieber seines Sohnes zu teilen, wenn ich ihn von meinem Ausguck aus auch dabei ertappt habe, wie er manchmal auf die Uhr sah.

Vielleicht ist es mit unserem Land damals so schlimm geworden, weil jemand wie mein Vater nicht glauben konnte, daß im Innern der Menschen etwas anderes als die Vernunft haust. Daß von dort auch die Boten eines mächtigen Bösen in die Wirklichkeit aufbrechen. Mein Vater wollte das Geisterreich nicht ernst nehmen. So ist es unbesiegbar geworden und hat ihn aus seinem Haus, aus seinem Land, aus seinem Beruf vertrieben.

Aber wahrscheinlich ist das gar nicht wahr. Wahrscheinlich ist die Botschaft meiner Zustände deutlicher zu meinem Vater durchgedrungen, als er selbst gemerkt hat. Denn daß er sich über die Nazis und ihre Pläne 1933 keinen Augenblick Illusionen machte, daß er sofort das Richtige tat, daß er uns alle gerettet hat – das mag nicht nur auf politische Einsicht zurückzuführen gewesen sein. Mein Vater entschied aus einem Gefühl heraus richtig: zu einer Zeit, als das Richtige vielen Einsichtigen und Vernünftigen als völlig übertrieben erscheinen konnte.

Denn niemand griff ihn direkt an. Niemand lieferte ihn in eine der improvisierten Gestapo-Höllen ein, in denen man Hitlers politische Gegner schon direkt nach der

Machtergreifung zusammenschlug. Vielleicht hat meine Krankheit ihn gewarnt. Vielleicht hat auch mein Vater seine Träume, Gefühle und Ahnungen ernster genommen, als er sich anmerken ließ – nachdem er erlebt hat, wie das imaginäre Böse über seinem Jungen zusammenschlug.

In der nachmittäglichen Dämmerung bin ich heute durch den Schnee des Parks gestapft und am rückwärtigen Eingang herausgekommen. Von dort ist es nicht weit zu den Buchhandlungen des Universitätsviertels. Die Farben der Einbände, der Holzboden, das Licht, das durch die Schaufenster auf die Straße drang: die Buchläden hatten an diesem Spätnachmittag etwas Bienenstockartiges. Ich blätterte in einer Hitchcock-Biographie. Ich kaufte nichts.

Es war schon dunkel, als ich zurückging. In den Spitzen der Bäume waren schlafende Krähen als schwarze, undeutlich aufgeplusterte Formen gegen den helleren Nachthimmel sichtbar. Ich fühlte mich geborgen in der Welt. Meine Putzfrau (denn mein spätnachmittäglicher Ausflug hatte vor allem den Zweck, ihrer Arbeit Platz zu machen) spülte das Geschirr in einer frischgeputzten, nach Zitrone und Bohnerwachs duftenden Wohnung. Wir saßen dann noch an meinem Küchentisch und tranken einen Kaffee, wie oft, wenn sie mit der Arbeit fertig ist.

Bettina hat recht, dachte ich, als ich es mir schließlich – es war schon gegen acht und meine Putzfrau längst gegangen – mit einem Glas Rotwein und dem Laptop in meinem Sessel gemütlich machte. Ich war meinen Ahnungen zeitlebens stärker ausgesetzt, als den meisten Leuten vernünftig schien. Zuerst heimgesucht haben sie mich in jenem Jahr vor 1933. Und seither habe ich hinter jedem Gegenstand, mit dem ich mich beschäftigt habe, Geister gesehen. Meine wissenschaftliche Reputation habe ich damit gottseidank erst als Pensionär ruiniert. Und so will ich jetzt fortfahren, Geister zu sehen. Die unheilverkündenden Vögel zu beobachten, die sich auf den Bäumen sammeln, bevor das Unheil aus einer Ferienlandschaft am Meer hervorbricht.

22.

Die Marienkirche meiner Heimatstadt lag zu ihrer Entstehungszeit im siebzehnten Jahrhundert direkt an der Stadtmauer, dort, wo der spätere Stadtpark einen natürlichen Felsabsturz malerisch einbezieht. In den sechziger Jahren, auf einer Besichtigungsreise in die alte Heimat, die schließlich zu meiner Übersiedelung nach Deutschland führte, ist mir zum ersten Mal bewußt geworden, wie viele meiner Träume in dieser dramatischen Stadtlandschaft spielen: auf den Treppen von der Marienkirche zum Stadtpark hinunter; in der Stadtbücherei mit ihren kein Ende nehmenden Vorräten an Abenteuerbüchern nahebei; unter den Platanen, auf der Bank vor der neugotischen Unterkirche und den Fontänen im Park dahinter, der sich ins Unendliche zu dehnen schien, als ich ein Kind war (unter den Veränderungen des Himmels, der einem dort so nahe kam wie nirgends sonst in der Stadt).

In die Bücherei freilich ging ich damals schon lange nicht mehr. Während der Zeit meiner Bußübungen war es mir undenkbar geworden, mich in den Büchern Karl Mays, Gerstäckers oder Jules Vernes zu verlieren wie früher. Es kam ja darauf an, alle Freude zu zerstören. Jetzt, nachdem ich die Hoffnung aufgegeben hatte, die der Antrieb meiner Selbstquälerei gewesen war, fehlte mir die Kraft, mich überhaupt noch für irgend etwas zu interessieren. Sie habe in jener Zeit ernstlich befürchtet, ich sei einer Art von Verblödung zum Opfer gefallen, gestand mir meine Mutter in London, als wir über jene Zeit sprachen (was nur ein- oder zweimal vorgekommen ist). Dr. Leuchtenbrink jedoch habe sie mit der Versicherung beruhigt, daß nach den inneren Kämpfen der letzten Monate einfach nur eine Erschöpfung über mich gekommen sein müsse, für deren Ausmaß den Erwachsenen der Begriff und das Verständnis fehlten.

Ich weiß nicht, ob überhaupt damals irgend etwas in mir vorgegangen ist. Vielleicht kann man aus Zuständen fruchtloser Grübelei, wie sie uns in schlaflosen Nächten überwältigen, einen Begriff der Brandstürme gewinnen, die über meine Kinderseele damals hinwegfegten: Szenen eines inneren Bürgerkriegs, der nicht mehr zu beeinflussen war. Er hinterließ Verheerungen wie nach langen, fruchtlosen Gewaltexzessen, die nach Erschöpfung der letzten Ressourcen ohne Ergebnis eingehen und nur Scham, Verwüstung und Zynismus hinterlassen.

Das Innere der Marienkirche in meiner Heimatstadt

ist nach den Bombardements der Royal Air Force so originalgetreu wiederaufgebaut worden, daß ich später keinen Unterschied zur Vorkriegszeit erkennnen konnte. Die Schatten im Innern der riesigen Kuppel reichten bis in den nächtlichen Himmel, wenn ich in der Dämmerung dorthin ging. Im Herbst 1930 bin ich am späten Nachmittag oft in der Marienkirche gesessen. Ich stelle mir den schmächtigen Jungen mit dem gequälten Gesichtsausdruck und den Augenringen vor, wie er die Eichentür aufstieß und im Licht der Kerzen stand, die, auf einem Gerüst aufgesteckt, brannten, dem bronzenen Engel mit dem Flammenschwert gegenüber, der das Weihwasserbecken in der Mitte des Vorraums bewacht.

Und dort, weit hinten im Kirchenschiff, habe ich mich meiner Geistesabwesenheit hingegeben, schlaff vor mich hin starrend wahrscheinlich, mit geöffnetem Mund, den Kopf vielleicht ein wenig schief gelegt, als ob ich etwas erwog oder auf ein entferntes Geräusch lauschte. Mein Schulranzen lag neben mir auf der Bank. Denn ich ging meist nach der Schule hierher, auf einer Suche nach Schutz und Tröstung, derer ich mich geschämt hätte, wenn sie mir deutlicher bewußt gewesen wäre. Ich war dreizehn. Ich wäre lieber für immer allein geblieben, als zuzugeben, wieviel Trost ich brauchte. Der Hochaltar war kaum sichtbar. Ein Dunkel verbarg ihn, aus dem nichts Antwort gab.

Ich betete nicht mehr. Ich traute Gott nichts mehr zu. Damals, glaube ich, formte sich die Erkenntnis, daß ein Ausgang, den ich immer übersehen hatte, hinter mir wartete. Ich begann zu ahnen, daß die böse Transzendenz, zu der ich flüchten wollte, nicht Gott war. Daß mein Versucher und was ich für meine Zuflucht hielt, sich mir einmal als dieselbe Instanz darstellen würden. Dieser Gedanke dämmerte mir in meinen Absencezuständen und bewegte sich undeutlich in der Dunkelheit über dem Altar.

23.

»Du kommst oft hierher«, bemerkte eine Stimme neben mir eines Nachmittags; sachlich, ohne übertriebene Freundlichkeit. Ein junger Mann in der Straßenkleidung katholischer Priester saß nicht weit von mir in der Bankreihe. Er stützte den Ellenbogen auf die Lehne und sah mich nachdenklich an. »Du scheinst ein frommer Junge zu sein.«

Wahrscheinlich lag die Lösung meiner Verwirrung schon lang in mir bereit. Aber ich wußte erst, als ich Pater Andreas sah, daß sie nahe war und daß nur er mich zu ihr führen würde. Vielleicht ist Pater Andreas damals schon oft in meiner Nähe gesessen. Jetzt jedenfalls, als ich seine Stimme neben mir hörte, hob ich den Kopf und bemerkte den jungen Priester mit dem kurzgeschnittenen Haar. Er prallte zurück vor dem, was er im Blick des Jungen vor ihm in der Bankreihe seiner Kirche sah. Er fand nicht die Zeit, dieses Erschrecken vor mir zu verbergen.

Es war das erste Mal, daß ich meinen Zustand in den

Augen eines anderen gespiegelt sah. Aber ich hatte in jener Sekunde gegenseitigen Erkennens im Gesicht meines Gegenübers nicht nur das Grauen gesehen, das ich in ihm auslöste. Sondern, fast zeitgleich, auch ein entschlossenes Erbarmen: einen auf keine Überlegung angewiesenen Reflex, diesem Jungen helfen zu wollen. Der Pater sah, wie schlimm es hier stand, und begann – sozusagen noch in demselben Sekundenbruchteil – zu handeln. Anders als meine Eltern hatte er keine Angst. Anders als Dr. Leuchtenbrink wußte er, was zu tun war. Er war, zumindest theoretisch, auf die Begegnung mit dem Bösen vorbereitet. Jedenfalls überraschte es ihn nicht, daß es von einem dreizehnjährigen Jungen Besitz ergreifen konnte.

Die Marienkirche ist ursprünglich eine Klosterkirche gewesen. Pater Andreas schlief und arbeitete in der Abtswohnung des löwengelb gestrichenen barocken Baus, der heute, wie ich vor Jahren bei einem Besuch zwischen zwei Zügen festgestellt habe, inzwischen eine katholische »Familienbegegnungsstätte« beherbergt (allerlei Meditationskurse, Vorträge, Seminare und »Freizeiten« wurden in den Glaskästen am Eingang annonciert). Die ehemaligen Repräsentationsräume liegen im obersten Stockwerk, mit weitem Blick über den Felsabsturz, den Park, die Unterstadt und ins Land hinaus.

Ich bin in jenen Herbst- und Winterwochen noch mehrmals bei Pater Andreas gewesen. Ich ging zu ihm durch ein Treppenhaus mit blau-weiß marmorierten Säulen, unter einem Deckengemälde, das die Apotheose Mariens zeigt. Durch ein schmiedeeisernes Innenportal betrat ich den Vorraum und putzte mir die Schuhe ab. Der Fußboden bestand aus großen Sandsteinplatten. Später an jenem Oktobernachmittag des Jahres 1930 saß ich schließlich – etwas verdattert, aber in dem sicheren Gefühl, hier vor die richtige Schmiede gekommen zu sein – zum ersten Mal in dem saalartig hohen Studierzimmer, dessen Wände bis unter die Decke mit Büchern bedeckt waren. Ich trank ein Glas Milch, während mein Gastgeber mit meiner Mutter telephonierte, zum Fenster hinaussah, nachdenklich zuhörte und mit der Telephonkordel spielte.

Ich saß vor einem langen Tisch auf einem Sofa. Pater Andreas legte schließlich auf, nachdem er mich selbst kurz mit meiner Mutter hatte sprechen lassen. Er ließ sich seufzend in einem Sessel nieder, der mir gegenüber stand. Er zündete sich eine Zigarre an, betrachtete mich einen Moment lang und blies Rauch in die Luft. »Weißt du überhaupt, was der Heilige Geist ist?« fragte er.

Pater Andreas begann unsere Gespräche wie ein Automechaniker, ein Rechtsanwalt, ein Arzt: wie jemand, der weiß, wo er anzusetzen hat. Und daß keine Zeit zu verlieren ist. Ich habe damals einen Begriff von der Macht und Wirklichkeit geistiger Tradition bekommen und für immer behalten. Der Pater, das stellte sich schon an jenem ersten Nachmittag heraus, konnte mir wirklich helfen. Gott, der Heilige Geist, die Sünde, Vergebung, Verdammnis: das waren für ihn keine behandlungsbedürftigen Hirngespinste, sondern reale Konzepte, die historisch und logisch entwickelt werden konnten. Ich sah ihn mit ihnen hantieren, wie mein Vater die Kräfte und Gefahren des Dampfs und der Elektrizität berechnete und in Maschinen bannte.

Er nahm mich ernst; er vereinfachte nichts. Er behandelte mich als jemanden, der eine reale, gefährliche, aus früheren Berichten bekannte Erfahrung gemacht hat, mit der interessierten Achtung, die man jemandem entgegenbringt, der in einer Gegend war, aus der wenige heil zurückkommen. Er fragte mich nach Details jenes unterirdischen Andrängens und nickte gedankenvoll. Seine Erzählungen, seine fachmännischen Erklärungen nahmen mich dann auf Reisen mit, über die ich in keinem der Bücher aus der Stadtbibliothek hatte nachlesen können.

Er schilderte mir das Gewirr der Stimmen, Besessenheiten und Exorzismen, die vor und neben dem historischen Jesus in Palästina normal waren. Pater Andreas machte mir begreiflich und nachvollziehbar, schon an jenem ersten Nachmittag, daß Jesus die Macht, die aus ihm sprach und durch ihn wirkte, gegenüber seinen Zuhörern als die einzig göttliche legitimieren mußte – und daß seine fürchterliche Sanktion der Sünde wider den Heiligen Geist aus dieser Konkurrenzsituation heraus zu verstehen war.

Er erzählte mir von den Ursprüngen des Gefühls, Gott oder dem Teufel nahe zu sein, von den Geistreisen der eurasischen Schamanen ins Totenreich, deren Spuren sich in den Erzählungen und Märchen von Japan bis Polen fänden und die vielleicht hinter den Erlebnissen stünden, von denen die Hexen im sechzehnten Jahrhundert den Inquisitoren erzählten: »Zu der Zeit, als all das hier gebaut worden ist, Heinrich«, sagte er und wies auf die Stuckornamente über uns, auf das Stück der Kirchenfassade, das aus einem der Fenster zu sehen war. Pater Andreas gab mir nie das Gefühl, daß Himmel und Hölle, Gott und Teufel nicht existieren. Aber er entzauberte sie für mich. Er appellierte an dieselbe Neugier und Intelligenz, die mich in die Stadtbibliothek, in die jugendpsychiatrische Anstalt und überhaupt die Regionen geführt hatte, wo ich der Vernunft und der Neugier verlorengegangen war.

Es war schon dunkel, als ich an jenem Nachmittag nach Haus ging. Ich betrachtete – wie mir schien zum ersten Mal – die Auslagen der Schaufenster, die, von elektrischem Licht erhellt, längs der Hauptstraße kein Ende zu nehmen schienen. Ich sah die frischgedruckten Farben der Einbände im Fenster der beiden Buchläden der Stadt, die in Stanniol glitzernden Pralinés der Konditorei am Marktplatz. Die bunten Bilder von Papageien, Palmen, schwarzen Schönheiten und würdigen Firmengründern auf den Zigarrenkisten, die bei »Schneiders Rauchwaren« auslagen. Gold, Perlen, Edelsteine und das winzige Sausen der Uhrwerke hinter dem Schaufensterglas eines Juweliergeschäfts. Schon das erste Gespräch mit Pater Andreas hat mich ein paar Schritte wieder in die Welt hineingeführt.

Dann saß ich am Abendbrottisch und sah die Hoffnung im Gesicht meiner Eltern. Ein paar Tage später wünschte ich mir Schinkenbrot mit Essiggurken, ein vergessenes Leibgericht, das ich unter jenen Hoffnungsblicken bald jeden Abend in immer größeren Mengen verzehrte. Die Düsternis des Novembers kam über die Stadt. Aber in mir war etwas erwacht, das meiner Bedrückung standzuhalten begann. Es hat noch ein paar Monate gedauert, bis ich gesund war. Aber seit jenem Herbstabend scheint es dann im Rückblick Schlag auf Schlag und immer schneller gegangen zu sein.

Wieder ist es tief in der Nacht. Ich bin so ruhig und zufrieden wie noch nie nach der Arbeit an diesem Bericht. Es hat mir, glaube ich, doch mehr ausgemacht, als ich dachte, mir die Zeit vor 1933 zu vergegenwärtigen. Ich bin fast so froh darüber wie damals, daß es in meiner Erzählung wieder aufwärts geht. Der nächtliche Park ist von einer merkwürdigen Helligkeit erfüllt. Die Wolken scheinen das Licht der Stadt, das Licht aus den Weiten des schneebedeckten Lands zu sammeln und hier wieder zur Erde zu strahlen. Vielleicht ist ein glücklicher alter Mann am Fenster hoch über dem Park sein einziger Zeuge. Ich glaube, diese Geschichte geht gut aus. Endlich kann ich sie zu Ende erzählen.

24.

Als Kind bin ich am ersten Weihnachtstag immer mit diesem Gefühl aufgewacht. Noch bevor man ganz wach ist, dringt einem ins Bewußtsein, daß unten der Weihnachtsbaum steht – zusammen mit den Plätzchen, dem Duft erloschener Kerzen und frischer Tannenzweige, mit den Büchern, der Märklin-Eisenbahn, den Schiern, die man sich so lange schon gewünscht hat, dem neuen Pullover.

Schon nach dem ersten Besuch bei Pater Andreas erwachte ich mit diesem Gefühl, so wie an diesem Morgen gegen Ende des Jahrhunderts auch. Das Glück, das mir heute im Halbschlaf dämmerte, ist die Erinnerung an jenen Wendepunkt am Ausgang meiner Kindheit. Beim Frühstück war mir der Frühwintermorgen nach meinem ersten Gespräch mit Pater Andreas so gegenwärtig, als sei ich wieder dreizehn.

Es war noch dunkel, als ich damals aufwachte. Ich lag in meiner Dachkammer. Es war kalt (der Kohleofen ging gegen Morgen meistens aus). Die Stadt vor dem Fenster, das Tal, die Höhen, die Eisenbahnen, die Schule, die Fabriksirenen, die Bäume, die Straßen, die Welt – es war eine Bewegung in sie gekommen, ein zartes, melodisches Rucken, als habe eine Musik zu spielen begonnen. Ein kleiner Erdstoß hatte meine Wirklichkeit durchlaufen. Die Zukunft begann sich wieder zu regen.

Pater Andreas konnte die Vorstellungen und Kräfte, die mich im Griff gehalten hatten, in Erzählungen verwandeln. Jesus, seine Wanderungen im Heiligen Land, seine Ekstasen, seine Jünger, seine Predigten und Verfluchungen, seine Kreuzigung wurden zu etwas Ähnlichem wie die Bücher über Welträtsel und unerklärliche Phänomene, die ich in der Stadtbücherei auszuleihen pflegte, etwas wie ein historischer Roman, eine Geistergeschichte. Noch ein paar Wochen zuvor war das eine Wirklichkeit gewesen, die unmittelbar und unangefochten galt, quälte, Konsequenzen hatte. Seit gestern nachmittag waren die Geschichten, Predigten, Gleichnisse nicht unwahr geworden. Nur war etwas zwischen sie und mich getreten, das mich wieder Luft holen ließ.

In gewisser Weise waren diese Ereignisse und Geschichten jetzt wirklicher als vorher. Ich hatte, schon in einem einzigen Gespräch mit Pater Andreas, mehr über sie und ihren Hintergrund gelernt als in den Monaten der Grübelei, die hinter mir lagen. Und doch konnte mir Gott jetzt nichts mehr tun. Das war damals, jetzt war heute. Dort war Gott, hier war ich. Es gab Gott. Es gab den Teufel. Aber sie taten mir plötzlich nichts mehr zuleide. Als ich an jenem dunklen Morgen zur Schule ging, hatte sich ein Schutzraum zwischen mich und die Sphäre des Heils und der Verdammnis geschoben. Es war dieser Abstand, der mir seither die Sicherheit geboten hat, in der ich leben konnte. Seit ich Pater Andreas kennengelernt hatte, konnte ich von Gott wissen. Ich mußte mich nicht mehr in den Abgrund seiner Undenkbarkeit stürzen.

Der innere Raum, der seither mein Asyl ist, sieht immer noch aus wie das Studierzimmer von Pater Andreas. Ein Saal der Barockzeit mit weitem Blick über das Land. Bücherregale und ein großer Tisch stehen dort. Es riecht nach Havannazigarren, und Pater Andreas hört mir zu, seither und für immer, indem er sich gedankenvoll über das kurze Haar streicht. Von seinem späteren Schicksal weiß ich nichts. Vielleicht hat er sich mit den Nazis arrangiert. Vielleicht ist er selber einer geworden. Ich werde ihm mein Leben lang dankbar sein, was immer er getan haben und wo immer er jetzt sein mag.

25.

Zum ersten Mal seit fast einem Jahr regte sich damals in der Schule wieder so etwas wie Schlagfertigkeit in mir. So war ich zum Beispiel im Mathematikunterricht wieder in der Lage, dem zu folgen, was an der Tafel vorging. Einmal war ich meinen Kameraden eine Viertelstunde lang im stillen sogar voraus und hatte die Aufgabe schon gelöst, als die Klasse mit Ach und Krach dort angekommen war, wo sie hinsollte. Die Momente der Geistesgegenwart wurden zahlreicher in der nächsten Zeit. Und es passierten zwei Dinge, die mich jetzt noch, nach so langer Zeit, fröhlich grinsen lassen. Ich will jetzt wirklich doch noch eine dieser Romeo y Julietas rauchen.

Das erste dieser beiden Ereignisse nämlich bestand darin, daß meine sechzehnjährige Cousine Barbara zwei Wochen bei uns wohnte. Meine Tante und mein Onkel wollten zum Schifahren nach Tirol. Barbara nicht. Außerdem mußte sie zur Schule. Sie war eine Dame – die erste Vertreterin der Frauengattung, die in meinem Leben die entscheidende Rolle gespielt hat. Beim Schifahren in Tirol konnte man sie sich tatsächlich schwer vorstellen. Sie bewohnte unser Gästezimmer im zweiten Stock und brachte es zur ironisch amüsierten Verzweiflung meiner Mutter fertig, jeden Morgen so knapp zum Frühstück zu erscheinen, daß ihr gerade noch Zeit für eine Tasse Kaffee im Stehen blieb.

Ich erwartete ihr Erscheinen jedesmal mit Ungeduld. Ihre hüftlangen schwarzen Zöpfe waren mit einer Sorgfalt geflochten, die ihren Bewunderer für jede Minute des Wartens vollauf entschädigte. Sie wußte ihre dunklen Brauen, die sie gelegentlich mit einer angefeuchteten Fingerspitze nachfuhr, auf eine unnachahmliche Weise zu heben. Als besonders anbetungswürdig ist sie mir in einer langen dunkelgrünen Samtjacke erschienen. Sie trug sie unter ihrem schweren Mantel mit dem schwarzen Pelzkragen, zu einem grauen Rock und immer makellos geputzten Schnürstiefeln. Sie war die erste Frau, von der ich träumte; und die vierzehn Tage des Schiurlaubs von Onkel und Tante waren noch nicht halb vorbei, als ich an nichts anderes mehr denken konnte als an Barbara. Ich rief mir bestimmte Handbewegungen von ihr wieder und wieder ins Bewußtsein, bestimmte mimische Wetterlagen auf ihrem Gesicht, jede beiläufige Bemerkung auf dem Schulweg, den wir ein Stück weit gemeinsam zurücklegten, bevor sie nach dem Fluß rechts zum Gymnasium der Ursulanerinnen abbog. Ich trug ihren Schulranzen. Ich holte sie zweimal nachmittags vom Turnen ab. Ich schenkte ihr, zum Abschied, als die zwei Wochen herum waren, meine Seewolf-Ausgabe, an der sie ein flüchtiges Interesse gezeigt hatte.

Barbara nahm meine Anbetung als die ihr zustehende Behandlung huldvoll entgegen – freundlich, ein bißchen erstaunt darüber, daß ich noch so klein war und mich doch schon benahm wie alle männlichen Wesen, die mit ihr zu tun hatten. Sie verabschiedete sich mit einem Wangenkuß von mir, gab mir die Hand und sagte: »Du bist ein Lieber.« Das reichte mir. Davon zehrte ich im nächsten Jahr und bis weit in meine Internatszeit. Ich sah sie erst nach dem Krieg wieder, auf einer Englandreise, die sie mit ihrem Mann von Tel Aviv nach London führte. Sie war immer noch schön. Und sie wird nie erfahren, daß sie der Grund war, warum ich vierzehn Tage lang nicht mehr an den Teufel dachte.

Oder vielmehr: warum die Gedanken an meine Verdammnis wochenlang in eine Art Schattenreich im Hintergrund des Bewußtseins zurücktraten, in eine Gegend, die dem Dunkel unterm Kuppelgewölbe der Marienkirche glich. Denn all das war noch nicht besiegt. Es gab in dem Herbst, als Barbara bei uns wohnte, nun aber auf einmal auch anderes, woran ich dachte. Und ich konnte zu Pater Andreas gehen. Das war fürs erste Veränderung genug. Und es gibt noch etwas Zweites zu erzählen aus dieser Zeit des Gesundwerdens. Ich war vorhin bei den Polinnen und habe die erheiternde Erinnerung an den großen Rudolf genossen. Ich bin jetzt richtig aufgekratzt. Und das nicht nur vom kardamomgewürzten Kaffee der beiden und ihrer Freude darüber, daß ich wieder vorbeischaute und mein Frühstück bestellte. Ein Kännchen Kaffee und ein Stück Hefezopf, wie immer.

Die Geschichte mit dem großen Rudolf hat wahrscheinlich bewirkt, daß ich unwillkürlich aufrechter ging als sonst, daß noch ein Rest von einem Mann und nicht nur der Greis heute morgen zu sehen war, als ich zum Klang der altmodischen Türglocke eintrat und der Duft von Kaffee und frischgebackenem Kuchen mich wieder umgab. Jedenfalls schienen die beiden heute besonders erfreut, mich zu sehen, und ich mußte ein bißchen über den bevorstehenden Besuch meines Sohnes und seiner Freundin erzählen, bevor ich, bei der zweiten Tasse Kaffee, mir den großen Rudolf wieder vors innere Auge führen konnte, und sein dummes Gesicht, als ich damals Rache nahm.

Er war mit Abstand der bestaussehende und stärkste Junge in unserer Klasse. Die vorige hatte er wiederholen müssen. In dem Alter macht ein Jahr mehr aus als in meinem zehn davon. Die Mädchen der Parallelklasse wußten sich nicht zu lassen vor Begeisterung für Rudolf. Der Gipfel der Demütigung bestand darin, daß eine mir vor noch nicht langer Zeit ein Briefchen an ihn zur Beförderung aufgegeben hatte. Seit meiner Rückkehr im Mai jenes schrecklichen und folgenschweren Jahres war ich längst zum allgemeinen Gespött geworden. Daß man mir die Hosen heruntergerissen hatte, war, glaube ich, im September gewesen, kurz nach den Sommerferien – die dann freilich auch die Aussicht eröffnet hatten, daß ich wegkäme von der Stadt, dem Backsteingebäude mit der unbarmherzigen Zentraluhr, von den gleichgültig feindseligen Lehrern, von Pitze, von den wegirrenden Blicken Margots, vom Schauplatz so vieler Niederlagen.

Ich hatte mich inzwischen daran gewöhnt, in der Schule den Prügelknaben abzugeben. Und auch meine Umgebung erwartete nichts anderes von mir als Würdelosigkeit, Verwirrung und die Abwesenheit jedes Widerstands. Dem großen Rudolf diente ich als besonderes Spaßobjekt. Viel Freude bereitete ihm der Umstand, daß er direkt hinter mir in der Bankreihe saß, wodurch sich unzählige Möglichkeiten ergaben, den einstigen Klassenbesten zu drangsalieren. Rasend komisch fand er es beispielsweise, mir im Geographieunterricht, während der Lehrer an der Tafel stand und eine seiner berühmten Kartenskizzen fertigte, seinen Atlas auf den Hinterkopf knallen zu lassen. Am meisten belustigte ihn, daß ich mich nicht traute, einfach dem Lehrer zu sagen, was passiert war. Ich pflegte statt dessen mit hochrotem Kopf mitten im allgemeinen Spektakel dazusitzen, und weil sich aller Augen auf mich richteten, bekam ich mehrmals obendrein noch eine Strafarbeit.

Was ich erzählen will, muß sich noch vor Weihnachten zugetragen haben. Denn es ging um Palästina in jener Geographiestunde, um den Schauplatz der Geburt Jesu. Die genaue Lage des Jordan, des Toten Meers, Bethlehems und Jaffas interessierte mich so brennend, daß ich gar nicht mehr an den Atlas meines Feindes dachte, als es darum ging, die Tafelzeichnung mit Buntstiften ins eigene Heft zu übertragen. Als der Geographielehrer die Klasse einen Moment nicht im Auge hatte und das große braune Buch, wie zu erwarten gewesen war, mir wieder von hinten auf den Kopf krachte, war ich so erstaunt und empört, als wäre mir dergleichen noch nie passiert.

Es herrschte allgemeines Gekicher. Die Zeichnung in meinem Heft war ruiniert. Der Jordan aus blauem Buntstift floß mit einem heftigen Ausrutscher ins Mittelmeer. Unser Geographielehrer sah es. Er muß wohl auch noch das Grinsen meines Hintermanns gesehen und überhaupt den wirklichen Hergang erahnt haben. Jedenfalls beschloß er, Gerechtigkeit walten zu lassen und ein Exempel zu statuieren. Rudolf wurde dazu vergattert, in einer beträchtlichen Zahl von Nachsitzstunden einige hundert Mal aufzuschreiben, daß er seine Mitschüler nicht zu stören habe.

Ich hätte eigentlich zufrieden sein können, daß die Autorität diesmal richtig reagiert, mich in Schutz genommen und den wahren Übeltäter bestraft hatte. Aber aus irgendeinem Grund war mir das nicht genug. Sich von langer Niedergeschlagenheit zu erholen ist kein logisch verlaufender Prozeß. Das Bedürfnis zurückzuschlagen wird verdrängt. Aber es ist nicht aufgehoben. Oft zeigt es sich gerade in dem Moment, wo der äußere Druck schon nachgelassen hat und das Opfer wieder Mut schöpft.

Meine Revolution fand ein paar Minuten später im Verlauf jener Geographiestunde statt. Wie in den meisten Aufständen mischten sich in ihr befreiende Wut, Hinterhältigkeit und Verblüffung darüber, wie einfach alles plötzlich ist. Ich wartete, bis sich unser Lehrer wieder mit seiner Zeichnung an der Tafel beschäftigte. Dann drehte ich mich vorsichtig zu meinem Hintermann um. Er hatte sich, nun doch etwas demoralisiert, über sein Heft gebeugt und hätte nicht im Traum vorausgesehen, was jetzt geschah. Mit aller Kraft und einer Treffsicherheit, die mich selbst verblüffte, gab ich meinem Feind eine schallende Ohrfeige, drehte mich einfach wieder nach vorn und sah direkt ins Gesicht des fassungslosen Geographielehrers. »Er hat angefangen, Herr Professor«, sagte ich.

Der allgemeine Aufruhr war enorm. Rudolfs Backe schwoll an und zeigte den Abdruck meiner Hand. Sie tat mir ziemlich weh, als ich aufstand und die Strafpredigt unseres Lehrers entgegennahm. Es sei unglaublich, sagte er. Wir würden uns nach der Stunde beide bei ihm zu melden haben. Die Strafe Rudolfs gelte auch für mich. Die weitere Geographiestunde verlief ohne Störungen.

»Wenn du mir noch mal etwas tust, verpfeife ich dich beim Direktor«, sagte ich, als wir uns nach der Schule zu zweit im leeren Klassenzimmer wiederfanden. »Mein Vater kennt ihn« – was eine Lüge war. Friedlich vereint schrieben wir an den folgenden Winternachmittagen in Schönschrift auf, daß wir den Unterricht nicht stören durften. Es roch nach Staub und Kreide. Die Zentralheizung summte, eine Karte des deutschen Reichs hing an der Wand. Merkwürdigerweise entwickelte sich damals zwischen uns so etwas wie Solidarität, fast Sympathie. Rudolf hat mich für den Rest meiner Zeit auf dem Gymnasium in Ruhe gelassen. Vielleicht war er gar kein so schlechter Kerl.

So hatte ich mich noch vor Weihnachten nicht nur verliebt, sondern auch einen Feind besiegt. Das Schönste und Beruhigendste aber war, daß ich jetzt, wann immer ich wollte, zu Pater Andreas gehen konnte. Dabei habe ich von seiner Einladung gar nicht allzuoft Gebrauch gemacht. Öfter als fünf- oder sechsmal bin ich vermutlich nicht dort gewesen. Jedesmal kreisten die Figuren des Heiligen Lands, die Geschichten der Spätantike, die Überlieferungen und Geister um mich. Sie verwandelten sich in Erzählungen. Sie verloren sich in dem großen Raum wie die Rauchkringel aus Pater Andreas' Zigarre. Sie veränderten sich wie die Wolken, die ich in den hohen Fenstern ziehen sah. In meiner Dachkammer war ich im Labyrinth der religiösen Überlieferung umhergeirrt. Nun lernte ich, in ihrem Garten spazierenzugehen. Ich trank Kakao, stellte Fragen, hörte zu. Es war jedesmal schon dunkel, wenn ich zum Abendessen nach Hause ging, durch den Stadtpark, über die Brücke, die lange Treppe hinauf, unter dem Winterhimmel, erfüllt von einem Glück, das seit damals bis auf den heutigen Tag meine Zuflucht ist.

26.

Es ist schon Mitte Dezember. Und diese Geschichte noch nicht zu Ende. Dabei hätte ich den Rest schnell erzählen können. Das Licht, die Farbe und die Zuversicht zogen wieder ein in die Welt. Der Geburtstag, von dem ich zu Beginn dieser Aufzeichnungen erzählt habe, kam und ging. Es wurde Frühling. Ich bekam das Fahrrad mit Ballonreifen, das ich mir zwei Jahre zuvor so dringend gewünscht hatte.

Auch von meiner Einschulung im Internat jenseits des Bodensees könnte ich erzählen, vom Heimweh der ersten Monate, von den Besuchen meiner Eltern, den Freundschaften, Kämpfen und Abenteuern mit meinen neuen Kameraden, unter denen ich nicht mehr der Prügelknabe war. Ich bin gestärkt aus dem Jahr meiner äußersten Schwäche hervorgegangen.

Und ich könnte von den Osterferien 1933 erzählen, die wir alle zusammen in einem Hotel am Comer See verbrachten und an deren Ende mein Vater mir eröffnete, wir würden nicht mehr nach Deutschland zurückkehren, sondern, über Paris, gleich nach England weiterreisen, wo wir zunächst im Haus meiner Großeltern unterkamen und uns dann in Golders Green etablierten, während das Gebell und Gegröl aus der Heimat bis zum Krieg zu einem unglaubwürdigen, fast amüsanten Kasperltheater schrumpfte, von dem man in der Zeitung las, das man in der Wochenschau sah.

Aber ich mag davon nicht mehr erzählen. Während es draußen November geworden ist und ich mich hoch über der Stadt in meinen Kokon eingehüllt habe, ist mir das Interesse am Schreiben für Wochen verlorengegangen. Ich habe viel darüber nachgedacht, was eigentlich der Inhalt meiner Gespräche mit Pater Andreas gewesen ist. Und wie in den letzten Jahren meiner ersten Ehe, wie in meiner Dachkammer in Fulham habe ich die Grammatiken, die Wörterbücher und die alten Texte wieder vorgenommen. Plotins Schrift gegen die Gnostiker vor allem hat mich noch einmal beschäftigt. Und Plutarchs merkwürdige Dialog-Essays, vor allem mein altes Lieblingsstück: »Über den Verfall der Orakel«, das ich jetzt endlich einmal auf griechisch lese. Beiläufig, aus den Begebenheiten und dem Bildungsgut hervorsteigend, das die Figuren seiner Denkbilder gehört, gelesen oder selbst geschrieben haben, aus dem Schutt und Geröll eines zivilisierten Gesprächs, dessen Hintergründe uns fremd sind und das uns die Menschen der Zeit trotzdem fast unheimlich naherückt, formen sich Erzählungen, mit denen wir bis heute nicht fertig sind.

Wie etwa die des Philip über den Tod eines der Halbgötter, Dämonen und Zwischenwesen, auf deren Existenz sich die versammelten Freunde im Gespräch einigen und von dem Philip durch Epitherses gehört haben will, »der in unserer Stadt lebte und mein Grammatiklehrer war«. Dieser Epitherses befand sich auf einer Schiffsreise von Griechenland nach Italien. Eines Abends segelten sie an der Insel Paxi vorbei. »Fast alle waren noch wach, und viele saßen nach dem Abendessen noch beim Wein.«

Plötzlich erhob sich von der unbewohnten Insel eine geisterhafte Stimme und rief den Namen eines ägyptischen Steuermanns des Schiffes, eines gewissen Thamos, »den meisten Passagieren nicht einmal vom Namen her bekannt«. Thamos antwortete erst nach dreimaligem Ruf. »Wenn du an der Insel Palodes vorbeikommst, verkünde dort, daß der Große Pan tot ist«, befahl die Stimme dem Steuermann. »Und alle verwunderten sich und diskutierten, ob es besser wäre, diesen Auftrag auszuführen oder die Sache auf sich beruhen zu lassen.« Der überraschte und wahrscheinlich von der dämonischen Zumutung verängstigte Thamos beschloß, die Entscheidung hierüber einem Gottesurteil zu überlassen. Wenn vor der Insel Palodes ein günstiger Fahrtwind wehe, würde er vorbeisegeln. Wenn aber die See glatt wäre, würde er die Botschaft der Geisterstimme überbringen.

»Als er an Palodes vorbeisegelte und weder Wind noch Wellen sich zeigten, rief Thamos, auf dem Bug stehend, die Worte, die er gehört hatte, auf die Insel hinüber: ›Der Große Pan ist tot‹. Noch bevor er geendet hatte, erhob sich auf der Insel ein großer Schmerzensschrei, nicht von einer Stimme, sondern von vielen, vermischt mit Ausrufen der Verwunderung und des Erstaunens. Da das Schiff viele Passagiere befördert hatte, verbreitete sich die Geschichte nach der Landung in ganz Rom, und der Kaiser Tiberius schickte nach Thamos. Der Kaiser war so überzeugt von der Wahrheit seiner Erzählung, daß er eine Untersuchung über diesen Pan anstellte. Und die zahlreichen Gelehrten seines Hofs einigten sich auf die Ansicht, er sei der Sohn des Hermes mit der Penelope gewesen.«

Die Christen haben diese Erzählung interpretiert als das Eingeständnis der heidnischen Welt, die Zeit ihrer Götter sei um – während sie gleichzeitig, sicher auch unter dem Einfluß von Plutarchs Geistergeschichte, ihren Teufel nach dem Bild des bocksbeinigen Gottes Pan entwarfen. Aber ich glaube, Plutarch hat mit seiner Geschichte nur beweisen wollen, daß unzählige kleinere Gottheiten die Erde bewohnen und bereisen. Sie stehen den Menschen bei; sie quälen die Menschen. Sie verlieren ihre Macht, sie erobern neue Machtbereiche. Sie sterben. »Ist doch die ganze Erde von mannigfachen Lebewesen voll«, schreibt Plotin in seiner Schrift gegen die Gnostiker, »und mit Unsterblichen ist alles bis zum Himmel hinauf angefüllt«.

Darüber habe ich nachgedacht, wenn ich in den letzten Wochen spazierengegangen bin oder, mir im Vorraum ihres kleinen Ladens den Schnee von den Schuhen trampelnd, bei meinen beiden Polinnen einsprach und durchs Fenster über einem Kaffee die Flocken durch die Straßen zu uns herabwirbeln sah. Die Welt, zumindest meine Welt, ist unsichtbar belebt. Sie ist »von unsterblichen Lebewesen bis zum Himmel hinauf angefüllt«. Sie ist keine Wüste des Bösen, wie die Gnostiker glauben. Obwohl beileibe nicht nur tröstliche Gottheiten in ihr unterwegs sind. Als ich dreizehn war, ist etwas an mich herangetreten, das mich hätte zerstören können. Und dann hat es einfach wieder von mir abgelassen. Daß ich es besiegt habe, wäre geprahlt. Ich habe es, glaube ich, eher irgendwie ausgewachsen. Ich habe gelernt, es von mir abzulenken.

Ich habe mich an das Weihnachten nach dem Herbst mit Pater Andreas, Barbara und dem großen Rudolf erinnert. In der Woche davor schon roch das ganze Haus nach Tannenzweigen und dem Lebkuchen, den meine Mutter und unser Dienstmädchen in der Küche unentwegt backten. Die ganzen Weihnachtsfeiertage über habe ich dann gelesen, unten im »Herrenzimmer«, wo der Weihnachtsbaum stand. Ich saß rechts der Fensternische im Lesesessel meines Vaters, geborgen im Geruch des Baums, im Duft der Süßigkeiten, der gelöschten und wieder angezündeten Kerzen, des Parfüms meiner Mutter, die während der Festtage besonders elegant gekleidet und schön frisiert war.

Ich las »Pünktchen und Anton«. Nichts beeindruckte mich mehr als der Schluß mit dem Eingeständnis des Autors, den Erwachsenen gelinge es allzu oft nicht, ein gutes Ende herbeizuführen (Gottfried Klepperbein ist geflohen, Robert der Teufel im Gefängnis, Antons Mutter das neue Kindermädchen, keiner ist mehr allein);

deshalb müßten die Kinder anständiger, vernünftiger und mutiger als die Erwachsenen werden. So wie in Kästners Buch. Ich wagte es wieder, meine Bücher zu genießen, und genoß sie noch mehr als ein Jahr zuvor. Das für mich bestimmte Böse löste sich langsam auf. Schon im Arbeitszimmer von Pater Andreas ist es unkenntlich geworden im Wirbel der Erzählungen. Vielleicht ist das (was immer es war) gestorben wie der Große Pan. Vielleicht hat es sich ein neues Opfer gesucht. Vielleicht ist es einfach wegerzählt worden. Jedenfalls habe ich seither nicht genug bekommen können vom Lesen und Erzählen, von den Geschichten, von dem nutzlosen Wissen, dem ich meine Zeit gewidmet habe. Erst trieb mich die Angst zu den Büchern. Und dann konnte ich mir ein Leben ohne sie nicht mehr vorstellen.

Meine Träume haben sich verändert. Sie bestehen nicht mehr aus den bedrückend lebendigen Splittern der Vergangenheit, die mich in den letzten Monaten nachts heimgesucht und im Morgengrauen aus dem Bett getrieben haben. Auch die Erinnerungen an das Haus verblassen. Ich träume wieder wie früher. Nichts mehr von unserer Villa, die wahrscheinlich schon in einige Lastwagenladungen Bauschutt verwandelt worden ist. Keine kleinen nebensächlichen Episoden mehr, in denen der Sinn ganzer Jahrzehnte zu liegen scheint. Überhaupt ist mir die tiefere Bedeutung all dieser Jahrzehnte im vorletzten Dezember des zwanzigsten Jahrhunderts ziemlich gleichgültig geworden. Ich werde sowieso nicht dahinterkommen, denke ich. Tommy und Chantal besuchen mich bald. Weihnachten steht vor der Tür. Es ist, diesmal in einem anderen Sinn, vorbei.

27.

Und über den Vorbereitungen auf meinen Weihnachsbesuch sind die letzten beiden Wochen vorübergegangen. Ich schlief besser und länger als noch im November. Manchmal trank ich morgens hier zu Hause meinen Tee, manchmal noch einen Kaffee bei den Polinnen. Und dann bin ich fast jeden zweiten Tag mit der Straßenbahn in die Innenstadt gefahren und habe Weihnachtsgeschenke ausgesucht.

Das für Tommy war mir am wichtigsten. Ich bin um diese Armbanduhr schon im Sommer herumgeschlichen. Ich habe sie wahrscheinlich nur deshalb nicht schon lange gekauft, weil es mir immer noch irgendwie ungehörig scheint, ein derartiges Geld für eine Uhr auszugeben. Aber eine Armbanduhr ist ein gutes Geschenk für einen Sohn. Sie kann ihn in das neue Jahrhundert begleiten. Wenn er sie nicht verliert – und was hätte Tommy nicht schon alles verloren –, kann er sie sogar irgendwann einmal weitervererben. Diese Schweizer Kunstwerke halten praktisch ewig. Tommys Uhr wird noch viel Zeit anzeigen, die nicht mehr meine ist.

Elias bekommt einen wunderschönen blauen Morgenmantel aus schwerem Baumwollstoff. Es war nicht leicht, einen in seiner Größe zu bekommen. Mein erster

Sohn ist nicht nur ziemlich groß, sondern auch viel schwerer, als ich es je war, und in diesem Morgenmantel wird er etwas alttestamentarisch Imposantes haben mit seinem schwarzen Bart und seinem würdevollen Rechtsanwaltsbauch, wenn er in Manchester am Frühstückstisch sitzt. Marjorie bekommt einen tragbaren CD-Spieler mit Kopfhörer und dazu Händels »Xerxes«. Sie beklagte sich praktisch das ganze letzte Weihnachten bei mir, daß sie abends im Wohnzimmer keine Musik hören konnte, weil Elias vor dem Fernseher saß. Vielleicht wird dieser CD-Spieler ja ihre Ehe retten. Die Töchter bekommen Bücher und eingelegtes Obst in irgendwelchen künstlerisch wertvollen Gläsern.

Zum ersten Mal seit gottweißwievielen Jahren habe ich auch wieder etwas für Bettina besorgt, besonders sorgfältig einpacken lassen und auf die Post gebracht. Es ist nur eine Kleinigkeit. Ich will nichts übertreiben. Eine Videokassette von »Die Vögel«. Ein merkwürdiges Weihnachtsgeschenk für eine geschiedene Ehefrau. Aber für uns paßt es. Ich muß Bettina nach Weihnachten mal anrufen und wieder mal ein bißchen mit ihr über Tippi Hedrens exquisite Garderobe schwärmen, über Rod Taylors markantes Kinn und die weite Kulissenlandschaft am Meer mit dem gemalten Himmel, der vielleicht gerade deshalb so unendlich wirkt, weil man bei genauem Hinsehen durchaus bemerken kann, daß Hitchcocks Film zu einem großen Teil im Studio gedreht ist.

Ein Problem ist Tommys Chantal. Ich kenne sie einfach zu wenig, und es ist ein bißchen unangenehm, wenn man einem jungen Mädchen das Falsche schenkt – oder überhaupt zuviel oder etwas zu Intimes. Ich will Tommy nicht in Verlegenheit bringen. Es wäre mir peinlich, seiner Freundin den Eindruck zu geben, als sähe ich in ihr schon die künftige Schwiegertochter. Sollen sie doch machen, was sie wollen. Es muß ja nicht jeder meine Fehler wiederholen. Schließlich habe ich mich, was Chantals Geschenk angeht, für eine Überraschung entschieden. Ich werde ihr ein großes Rosenbukett von Fleurop schikken lassen, genau um acht. Deshalb muß ich unsere kleine Bescherung allerdings ziemlich genau terminieren.

Der junge Mann im Blumenladen war sehr verständnisvoll. Die Geschäftsführerin wurde gerufen und fand meine Idee »süß«. Jedenfalls haben sie hoch und heilig versprochen, auf die Minute pünktlich zu liefern. (Was ich bei dem Preis allerdings auch hoffen will.) Ich bin jetzt ganz zufrieden mit meinem Vorhaben. Es wird einen irgendwie alteuropäisch galanten und dabei ein bißchen ironischen Eindruck machen, vielleicht genau das, was sich ein alter Mann einer jungen Dame gegenüber erlauben kann.

Ich fuhr mit dem Taxi nach Hause. Ich saß, zufrieden und grimmig das ausgegebene Geld kontemplierend, in den Cafés der Innenstadt. Ich packte ein und schleppte zur Post. Ich kaufte Champagner, Wein und brachte ein kleines Vermögen im Zigarrenladen durch. Ich will mich nicht blamieren vor meinem Sohn. Nicht nach allem, was passiert ist.

28.

Es ist früh morgens am ersten Weihnachtsfeiertag. Tommy und Chantal schlafen. Ich habe den größten Teil der Nacht vor meinen Bücherregalen und im Sessel zugebracht. Mein Herz hat in dieser Weihnachtsnacht oft so geradezu wütend geklopft, daß ich mir wirklich Sorgen um seine Durchblutung machen würde, wenn ich nicht Besseres zu tun hätte. Ich muß mir über etwas klarwerden. Wieder, noch einmal, nachdem ich schon dachte, damit sei es nun zu Ende, ist etwas aus der Vergangenheit aufgetaucht. Etwas sehr Wichtiges; etwas, das ich nicht verstehe. Was es bedeutet, liegt mir auf der Zunge. Ohne daß ich darauf käme.

Oder besser: es treibt sich irgendwo in mir herum und hält mich wach in der Winternacht, in die ich grübelnd hinaussehe. Es gibt keine Zufälle. Unter dem Weihnachtsbaum im großen Zimmer – die Uhr für Tommy übrigens war ein so unbestreitbarer Erfolg wie Chantals Bukett, das pünktlich angeliefert wurde – lag gestern ein Paket von Elias und Marjorie. Es enthielt, neben den legendären Lebkuchen meiner Schwiegertochter, einem Paar sehr warmer und schöner Lammfellhandschuhe und einem langen Brief Marjories über die neuesten Entwicklungen im Ehe- und Liebesleben meiner beiden Enkeltöchter, ein ganz besonderes Geschenk.

Es ist meine alte Bibel aus dem Dachzimmer der Villa. Ich muß den schwarzen Band mit dem roten Seitenschnitt, dem hauchdünnen Papier und dem eigenartig aus Staub, Chemikalien und Verzweiflung gemischten

Geruch irgendwann in London aus den Augen verloren haben. Offensichtlich ist er in Elias' Bücherschrank geraten und dann über Cambridge und Upsala in den Juristenhaushalt am Torrington Close in Manchester gewandert. Wir hatten am Telephon darüber geredet, daß mich meine Bibelstudien vor der Emigration wieder beschäftigten (worüber ich hier wirklich schreibe, habe ich ihm nicht erzählt).

Und nun hielt ich das Büchlein mit der hineingestempelten Adresse meiner Eltern wieder in Händen. Merkwürdig. Elias schrieb in seinem – wie immer sehr lieben, aber wahrscheinlich einer Sekretärin diktierten, jedenfalls mit kursiven Computerbuchstaben auf das feine Kanzleibütten ausgedruckten – Brief, er habe schon als Junge lang über die kindlich geschriebenen Bleistiftnotizen offenbar von meiner Hand nachgegrübelt, die auf dem hinteren Vorsatzblatt stehen.

Und tatsächlich: *Markus 3, 20–30. Leute können nicht frömmer werden, als sie sind, nur fortfahren, fromm zu sein. Paradocks* steht da in einer sehr ordentlichen Schülerschrift: die Botschaft aus meiner Vergangenheit, die mich in dieser Nacht wach gehalten hat und mein Herz pochen läßt, als ob es auf seine alten Tage kaputtgehen wollte. Was bedeutet das? Ich mußte an mich halten, nicht sofort nach unserer kleinen Bescherung an die Bücher zu gehen und den Abend zu ruinieren. Was für ein Abend.

Tommys Uhr steht ihm großartig. Und für Chantal hatte ich, weil mir der Blumenstrauß allein im letzten Moment doch zu schäbig vorkam, gestern nachmittag noch ein Paar sündhaft teure Perlen gekauft, die wundervoll in ihren Ohren aussehen. Wie sie mit einem geschmeichelten Lächeln das Haar zurückstrich und sie anlegte. Die Frauen sind wirklich schöner geworden seit meiner Zeit.

Ich trug meinen hellgrauen Winteranzug und die blaue Krawatte mit den cremefarbenen Polka dots. Und den ganzen Abend über läutete die kleine Notiz aus meiner Kinderbibel im Hintergrund meines champagnerbefeuerten alten Hirns Sturm wie die Glocken einer Einsiedlerkapelle irgendwo in einem verwunschenen Wald. *Leute können nicht frömmer werden, als sie sind, nur fortfahren, fromm zu sein.* Paradocks. In der Tat.

Es war halb eins, als die beiden ins Bett gingen. Man konnte den ganzen Abend lang sehen, wie schwer es ihnen fiel, die Finger voneinander zu lassen. Es wird noch Stunden dauern, bis sie verschlafen auftauchen und in der Küche ihre erste Tasse Kaffee trinken werden. Ich kann mir noch Zeit lassen, den Frühstückstisch zu dekken. Wie schön es ist, Zeit zu haben. Alle Zeit der Welt. In Wirklichkeit bin ich gespannt, wieviel ich noch habe. Ob ich noch genug Zeit habe herauszufinden, was die Notiz in meiner Kinderbibel bedeutet.

29.

Eine solide Halbbildung kann einem schon weiterhelfen im Leben. Ich hatte schon gegen halb sechs heraus, daß die Notiz in meiner Kinderbibel ein fast wörtliches Zitat aus den »Hundertvierzig Paradoxa aus der Heiligen Schrift« Sebastian Francks von 1556 ist. »Cicero«, heißt es bei dem Baseler Reformator, »spricht in seinen Paradoxen, daß ein frommer Mensch nicht frömmer werden könne. Aber in der Frommheit kann er wohl fortfahren. Also wird der Mensch durch den Glauben fromm und in das Reich Gottes, in Christum versetzt und kann nicht noch frömmer werden. Wie ein geborener Mensch nicht mehr ein Mensch werden kann, er bleibt für und für von Natur und Wesen stets nur der eine Mensch, er mag aber wohl größer werden, zunehmen, etc.«

Und zugleich ist der Satz bezogen auf Markus 3, 20–30, die Geschichte des Fluchs, den Jesus über die Pharisäer ausspricht, weil sie den Heiligen Geist gelästert haben (»Er hat den Beelzebub, und durch den obersten Teufel treibt er die Teufel aus«). Was ich vor siebzig Jahren geschrieben habe, muß also das Ergebnis eines Gesprächs mit Pfarrer Andreas in seinem nach Havannas duftenden Bücherzimmer über dem Stadtpark sein. Wer sonst als dieser merkwürdige Mann hätte einem dreizehnjährigen Jungen seine Zwangsvorstellungen mit einem Traktat des sechzehnten Jahrhunderts ausgeredet? Ich habe in dieser Bleistiftnotiz ein Originaldokument der Tage, in denen ich wieder gesund wurde, vor meinen alten Augen. Eine Botschaft aus der Zeit, als meine lebenslange Liebe zum nutzlosen Wissen ihren Anfang nahm.

Und ich verstehe dieses Dokument nicht. Ich sehe die Kinderschrift, den verzeihlichen Orthographiefehler. Ich kann den säuerlichen Staubgeruch der Dünndruckseite riechen, auf dem der Satz steht. Ich bin sogar, aufgrund meiner lachhaften Gelehrsamkeit, in der Lage, seinen philologischen Hintergrund angeben zu können. Ohne ihn jedoch im geringsten zu verstehen. Wieso konnte ich damals nicht frömmer werden, als ich war? Wie hat mir Pater Andreas gezeigt, daß alle meine Bußübungen nicht in der Lage waren, Gott zu rühren? Warum überliefert mir mein Gedächtnis, das in den letzten Wochen und Monaten so viele Gerüche, Einzelheiten, Gesichter und Zimmer wieder freigegeben hat, keine Andeutung über ein Gespräch, das für meinen Lebensgang so wichtig zu sein scheint?

Chantal und Tommy sind wachgeworden. Ich höre sie im Gästebad. Wir wollen nach dem Frühstück einen Spaziergang machen und heute abend ins Restaurant. Wenn ich mich nur an das Gespräch erinnern könnte, das zu der Notiz in meiner Kinderbibel geführt hat. Es muß doch irgendwo noch sein im Labyrinth meiner Erinnerungen. Ich werde die beiden nicht merken lassen, daß mich heute vermutlich nichts anderes beschäftigen und interessieren wird.

30.

Wenn ich nicht schon ein Narr wäre, könnte ich vor Glück närrisch werden heute morgen. Der König allein ist Dichter. Und er beschenkt einen in der unberechenbarsten, ungerechtesten, merkwürdigsten Weise.

Es ist fünf Uhr früh, die Zeit, in der ich mein Leben lang aufgewacht bin, wenn ich Sorgen hatte oder schreiben wollte. Es dauert mindestens noch eine Stunde, bis sich ein Blauton am Himmel zeigen wird. Durch winterliche Baumkronen sehe ich den Schein der Straßenlampen.

Ich weiß jetzt, wie die Notiz in meiner Kinderbibel entstanden ist. Nach vielen Wochen habe ich wieder von meinem dreizehnten Lebensjahr geträumt. Nachdem ich eigentlich den Eindruck hatte, damit sei es jetzt vorbei. Ich habe Pater Andreas' Studierzimmer gesehen. Diesmal in einer sogar für diese Träume erstaunlichen Perspektive. Denn ich schwebte irgendwo in der Höhe des Raums, über den Köpfen des Mannes und des Jungen, die sich dort besprachen und vielleicht während meines ganzen Lebens dort miteinander gesprochen haben. Im Traum wußte ich, daß die beiden ihr Geistergespräch für immer fortsetzen werden. Unsichtbar zwischen den Selbsterfahrungsgruppen, Töpferkursen und Gebetskreisen, die in Pater Andreas' Zimmer inzwischen stattfinden mögen, wird ihre Debatte über die Natur der Verdammnis und Gottes Gnade weitergehen. Mein wirkliches Leben ist nur einen Nachmittag lang in ihre Unterredung eingetreten, und jetzt geht sie in einer anderen Zeit weiter, ungestört von mir und meiner lächerlichen Angst, bis alle Zeiten verschwimmen.

Wenn ich die Augen schließe in meinem Sessel vor dem Fenster, bin ich in dieser anderen Zeit, in einem Zimmer, wo heute alles völlig anders aussieht als auf der Innenseite meiner Lider. Es ist wie ein Film, den mein Hirn dorthin projiziert. Ich höre den Jungen und den Mann miteinander sprechen. Es ist, als könnte ich mitschreiben. Und doch ist der Vergleich mit einem Film nicht richtig. Ich sehe die beiden weniger, als ich sie auswendig weiß. Vielleicht sind sie überhaupt nur in meiner Phantasie jemals dort gewesen. Vielleicht sind sie jetzt, während des Schreibens, überhaupt erst entstanden. Vielleicht bestehen nicht nur alte Leute vor allem aus Erzählungen.

»Es gibt einen Beweis, Heinrich«, sagt der Pater in der Ewigkeit, in die ich im Traum hineinsehen durfte (ich sah durchs Fenster das vorfrühlingshafte Land; ich sah die Köpfe der beiden unter mir; der Wirbel auf meinem war noch ganz blond und so kurz geschnitten, daß das Haar ein bißchen abstand). »Ich kann dir beweisen, daß du die Sünde wider den Heiligen Geist nicht begangen hast: Du kannst sie nicht begangen haben, weil du dir offensichtlich Sorgen darüber machst, daß du sie begangen haben könntest. Der Heilige Geist ist nichts als die Sehnsucht, Gott nahe zu sein. Solange du diese Sehnsucht hast, kannst du den Heiligen Geist beschimpfen, womit du willst. Es ist bedeutungslos, welche Lästerungen dir deine Denkzwänge eingeben. Gott interessiert das nicht. Gerade daß sie dir einfallen, ist ein Beweis dafür, daß dir diese Sünde fernliegt. Es ist wie eine Schlinge, die endgültig erst in dem Moment aufgeht, wenn du sie zuziehst. Und doch ist sie keiner der Scheinknoten, die man gar nicht richtig zuziehen kann, weil sie von Anfang an nicht wirklich geknüpft waren. Es ist eine wirkliche Schlinge. Sie zieht sich auch wirklich zu. Und zugleich geht sie auf. Ein Paradox. So funktionieren Gottes Botschaften, Heinrich. So funktioniert Gott. Ich weiß nicht, warum das so ist. Aber es ist so. Denk nicht darüber nach, wie fromm du bist. Schon vor Jahrtausenden haben sehr kluge Männer gesagt, daß man nicht frömmer werden kann, als man sowieso schon ist. Man kann höchstens fortfahren, fromm zu sein. Mehr verlangt niemand von uns. Man nennt das ein Paradox, Heinrich. Man kann darüber verrückt werden, wenn man es zu erklären versucht. Vielleicht kann man es erzählen, so wie Jesus uns die meisten Botschaften Gottes in Form von Geschichten erzählt hat. Vielleicht mit deiner Geschichte.«

Ich sah, wie Pater Andreas lächelt. Ich sah, daß dem kleinen Jungen (er trug grau gewürfelte Knickerbockerhosen, ein weißes Hemd und einen blauen Pullover mit V-Ausschnitt) Tränen in den Augen stehen, und ich wußte, daß ihm trotzdem zum Lachen zumute ist. Weil alles plötzlich so einfach war. »Es ist tatsächlich alles ganz einfach, Heinrich«, sagte Pater Andreas. »Es gibt gar nicht so viel zu verstehen. Ich weiß nicht, was du im letzten Herbst erlebt hast. Vielleicht ist es wirklich der Teufel gewesen. Vielleicht hat es mit deinen Eltern zu tun, vielleicht mit den modernen Zeiten, was weiß ich. Vielleicht wollte dir Gott etwas sagen, was er dir nicht anders sagen konnte. Vielleicht wirst du es eines Tages verstehen. Er drückt sich so merkwürdig aus, Heinrich. Ich werde mein Leben lang nicht aufhören können, darüber nachzudenken, wie Gott mit uns spricht. Seit Jahrtausenden denken wir darüber nach. Die meisten wirklich klugen Menschen haben gewußt, daß das Leben selber die beste Methode ist, ihn zu verstehen. Du hast die Sünde gegen den Heiligen Geist nicht begangen, Junge. Du wirst dein Leben lang nicht fähig sein, sie zu begehen.«

Vor dem Fenster tief unten war es fast schon Frühling in meinem Traum. Ich sah blaue und gelbe Krokusse, an den Büschen um die Unterkirche waren die ersten Blattknopsen aufgebrochen. Ich sah die Papiere auf dem großen Tisch, Pater Andreas' schwarzen Anzug mit dem kleinen Silberkreuz am Revers, das Abtswappen an der Decke. Ich sah das alles so deutlich wie in noch keinem dieser Träume bisher.

Bei mir in meinem Dachstock, jetzt, am Ende des Jahrhunderts, ist es fast schon hell. Alles ist wie sonst. Und trotzdem habe ich plötzlich das Gefühl, dorthin zurückgekehrt zu sein, wo ich hingehöre. Ich möchte nur hier sitzen und den Morgen heraufziehen sehen. Hoffentlich wachen Tommy und Chantal noch nicht so bald auf. Ich möchte jetzt noch nicht gestört werden. Ich bin zu glücklich.

Ich bin in der Küche lang an der Balkontür gestanden. Es wird ein klarer Tag heute, sonnig, ungewöhnlich warm für Ende Dezember. Ich muß unbedingt ein bißchen auf mein Fahrrad heute, vielleicht sogar ein paar

Kilometer am Fluß entlang. Ich fühle mich stark. Vielleicht sollten wir dieser Tage wirklich tun, was Tommy gestern vorgeschlagen hat: nach all der Zeit wieder gemeinsam zu Bettina, zum Haus, an den See hinausfahren. Ich weiß, daß Tommy sich das schon lange wünscht. Auch Bettina und ihr Mann scheinen nicht dagegen zu sein. Vielleicht sollten wir drei versuchen, Freunde zu werden, nachdem Bettina und ich schon kein Ehepaar geworden sind.

Das Schönste ist die Ruhe, die sich in mir ausgebreitet hat. Ich habe diese Sünde wirklich nie begangen. Es war mir mein Leben lang nicht egal, ob in der Dämmerung, sehe ich

Meine Freundin und ich haben Heinrich Katz am Morgen des 28. Dezembers 1998 tot in seinem Lesesessel am Fenster gefunden. Der Laptop, auf dessen Festplatte sich seine letzten Notizen fanden, war ihm von den Knien gerutscht. Der Kopf lag entspannt auf der Rückenlehne, die Augen waren weit geöffnet und sahen in den Park hinaus.

Am Abend des ersten Feiertags hatte er lange und merkwürdig bewegt über ein kurzes Stück aus den Oktavheften Franz Kafkas gesprochen, das ihn, wie er sagte, in diesen Advents- und Weihnachtstagen viel beschäftigt habe. Er zitierte es aus dem Gedächtnis und bemerkte dazu, sein Leben komme ihm, wenn er es in der Rückschau überdenke, wie eine Art Kommentar zu diesen beiden Sätzen vor. Ich habe die Bagatelle aus Kafkas Nachlaß deshalb als Motto über Heinrich Katz' Erinnerungen gesetzt und sie nach ihr benannt. Das ist die einzige Veränderung, die ich an der Erzählung vorgenommen habe.

Thomas Katz, Paris, im Frühjahr 1999

Ralf Bönt
Icks

Roman. 170 Seiten. Geb.

Von Berlin an das Ende der Welt: Ralf Bönts junger Held Icks reist zurück in seine Heimat, ein tristes ostwestfälisches Kaff. Seit fast zehn Jahren hat er sich dort nicht mehr blicken lassen, und geplant war auch nur eine unverbindliche Stippvisite. Aber schon auf dem Bahnhofsvorplatz ist Icks mittendrin in seiner Vergangenheit, verfolgen ihn die Erinnerungen an seine erste Liebe, an die monströse Skulptur vor der Kunsthalle und den nicht gegebenen Elfmeter damals. Am Ende seines Besuchs wartet das Treffen mit den Eltern, dessen Ausgang ihm schon Stunden vorher gespenstisch deutlich vor Augen gestanden hat.
In einem rasanten Monolog und mit virtuosen erzählerischen Mitteln stellt uns Ralf Bönt den gepeinigten Icks vor. Und in dessen atemloser Rhapsodie über Jimi Hendrix, Konrad Adenauer, Gott und die Welt finden sich die Ideale und zerstörten Illusionen einer ganzen Generation wieder.
»Icks« ist ein furioser Roman über das Erwachsenwerden und zugleich eine lakonische Abrechnung mit der deutschen Provinz.